AF451036

PAPIER
FRESSERCHEN
MTM-VERLAG
DIE BÜCHER MIT DEM DRACHEN

Impressum:

Besuchen Sie uns im Internet:
www.papierfresserchen.de

© 2019 – Papierfresserchens MTM-Verlag
Mühlstraße 10 – 88085 Langenargen

info@papierfresserchen.de
Alle Rechte vorbehalten.
Erstauflage 2019

Herstellung + Lektorat: CAT creativ - www.cat-creativ.at

Coverillustration: © alphaspirit - Adobe Stock lizenziert

Druck: Gedruckt in der EU
ISBN: 978-3-86196-871-9

Martina Meier (Hrsg.)

Hast du den Mut gesehen?

Das Mutmacherbuch

Erzählungen, Märchen und Gedichte,
die Zuversicht geben

Die Autor*innen

Inhalt

Der Nudelsuppenmann

Diese Welt … hat viele traurige Geschichten. Viele Tränen. Viele Lebewohls. Viele Liebende, die wieder zu Fremden werden.

Aber sie hat auch viele wunderschöne Geschichten. Viele Lächeln. Viele Hallos. Viele Fremde, die zu Freunden werden.

Manche Begegnungen verändern unser gesamtes Leben. Manche schönen Zeiten werden zu traurigen – und manche traurigen werden wiederum zu schönen. Manchmal scheint das Licht aus unserem Leben verschwunden zu sein. Aber das ist es nicht. Es ist nicht fort. Es ist nur verdeckt, wie die Sonne von düsteren Wolken.

Vielleicht wird jemand zu dem Wind werden, der diese Wolken wegbläst. Vielleicht wirst du zu dem Wind werden, der die Wolken an jemandes anderen Himmel wegbläst und ihn wieder die Sonne sehen lässt. Ich nehme an, nur die wenigsten von uns wissen es, wenn sie für jemanden zum Wind werden.

Der Nudelsuppenmann jedenfalls wusste es nicht, da bin ich mir sicher. Ich denke auch nicht, dass er vorhatte, meinen Himmel von Wolken zu befreien. Inzwischen hat er sie vermutlich vergessen, die Begegnung mit der seltsamen kleinen Frau im Regen. Aber für mich veränderte sie mein gesamtes Leben. Ich erinnere mich nicht an sein Gesicht, aber seine Stimme hat sich in meinem Kopf festgesetzt. Und wenn das Leben hart zu mir ist, erinnere ich mich an den wärmenden Klang seiner Worte und das fürsorgliche Lächeln, als er mich ansah, wie ich da mitten auf der Brücke auf dem Boden saß, vom Regen durchnässt, mit nur einem Schuh. Meine Augen brannten vom vielen Weinen und mein Hals schmerzte.

„Komm, Mädel", sagte er. „Ich geb' dir 'n Essen aus. Wenn das Leben hart ist, musste essen. Du musst stark sein, um gegen den Scheißkerl zu kämpfen."

Ich weiß, ich weiß. Seine Worte waren nicht voller Weisheit und seine Taten waren nicht großartig. Er konnte die Liebe, die aus meiner Beziehung zu verschwinden schien, nicht zurückgeben, und er konnte mir meinen Sohn nicht wiedergeben, der viel zu früh gestorben war. Das Einzige, was er tun konnte, war, mich in dieses warme, behagliche Restaurant zu bringen und mir eine Nudelsuppe zu kaufen. Aber so klein seine Taten waren, so waren sie doch von Bedeutung für mich. Weil er sich sorgte, weil er nicht wegsah. Weil er mich nicht aufforderte, ihm alles zu erzählen, weil er mir keine Vorwürfe machte und mir keine Sprüche aufsagte darüber, dass alles bald wieder gut sein würde.

Manchmal wird das Leben nicht so einfach besser. Manchmal müssen wir kämpfen, manchmal müssen wir durchhalten und ertragen. Und in diesen Zeiten brauchen wir jemanden, der uns ermutigt. Jemanden, der uns hilft, wieder aufzustehen. Es kann eine offen gehaltene Tür sein, die uns sagt, dass wir nicht alleine sind. Der mit einem Fremden geteilte Regenschirm oder das fehlende Kleingeld, das uns ein anderer an der Kasse schenkt. Ein kurzer Moment, der uns zum Lächeln bringt. Der es uns wagen lässt, ein weiteres Mal zu lächeln. Und noch einmal.

Ich habe den Nudelsuppenmann nie wieder gesehen, aber dieser Tag ist tief in meiner Erinnerung verankert. Damals erschien es mir, als würde mein Leben enden. Aber seine Freundlichkeit half mir, an diesem einen Tag standzuhalten. Ich hielt stand und ertrug. Diesen Tag. Einen weiteren. Und noch einen. Und irgendwann … wurde eine traurige Geschichte zu einer schönen.

Jerusha Präpst wurde 1998 geboren und studiert in München Buchwissenschaft. Neben dem Schreiben gilt ihre Liebe vor allem dem Gesang. Sie schrieb bereits als Kind kurze Geschichten und später als Jugendliche Gedichte, bevor sie ihre Liebe zu Kurzgeschichten fand. Im Rahmen einer Schreibwerkstatt entstanden die ersten Texte. 2018/19 wurden die ersten Geschichten in Anthologien veröffentlicht.

Mut zum Leben

Mein kleiner Paul kuschelt sich fest an mich. Ich ziehe ihm die Decke über und drücke seinen Schnuffelhasen in seine kleinen Arme. Danach lege ich meine warme Hand auf den wuscheligen Kopf und streichle sanft mit den Fingern über seine Stirn.

„Ich hab dich lieb, Mama."

„Und ich dich." Zärtlich hauche ich ihm einen Kuss auf die Nase.

„Bis zum Mond und zu den Sternen und zum lieben Gott."

„So weit? Bis zum lieben Gott?"

„Ja, Mama, ich weiß das. Ich war ja schon mal da. Der liebe Gott ist wirklich nie böse."

„Woher weißt du das?"

„Das weiß ich einfach, Mama. Ich hab ihn zwar noch nie gesehen, aber er hat mir gesagt, ich soll zu dir gehen."

„Wie meinst du das?"

„Der liebe Gott hat dich ausgesucht, dass du meine Mama werden sollst. Ich hab dich schon vom Himmel aus gesehen."

„Und dann?"

„Dann bin ich durch ein helles Licht gewandert."

Ich drehe ungläubig den Kopf etwas zur Seite und sehe meinen kleinen Sohn verwundert an. Woher sollte er das denn alles wissen?

„Ich bin dann in deinen Bauch. Und ich habe deine Stimme gehört. Es war so schön in deinem Bauch. Ich möchte so gerne wieder da hinein."

Verwirrt sehe ich Paul fragend an. „Warum siehst du so traurig aus?"

„Ach Mama, ich vermisse sie alle so?"

„Wen vermisst du?"

„Na alle aus dem Himmel"

Mir schnürt es die Kehle zu. Mit solchen Worten hatte ich nicht gerechnet. Plötzlich überkommt mich eine unglaubliche starke Liebe zu meinem Kind. Ich halte Paul noch fester denn je im Arm. Ich habe das Gefühl, als würde mir der kleine Kerl das Buch des Lebens aufgeschlagen. Vor mir liegt der schönste Engel, den ich je gesehen habe. Dieser kleine Mann erzählt mir gerade vom Himmel.

„Wir hatten Flügel und weiße Kleider, wir spielten den ganzen Tag. Es ist so toll im Himmel, Mama. Ich will wieder nach Hause."

Mir fehlen die Worte. Mein kleiner Sohn will weg von mir? Ich nehme meinen ganzen Mut zusammen und schlucke die Tränen hinunter. „Paul, ich verspreche dir, irgendwann kommt die Zeit und du wirst alle deine Freunde aus dem Himmel wiedersehen. Und sie werden sich freuen, wenn du wieder da bist. Aber jetzt wollen wir erst einmal ein Stück zusammen durch die Welt gehen, das wollte ja auch der liebe Gott so."

„Aber, Mama, dann bin ich sehr traurig, wenn ich im Himmel bin und du nicht. Dann bist du nicht mehr bei mir."

Ich kämpfe mit meinen Tränen. „Paul, du weißt doch von unserem unsichtbaren Band? Ich habe dir schon viel davon erzählt. Unser Band ist immer zwischen uns und hält uns fest zusammen. Ob du im Kindergarten bist oder bei Oma und Opa, das Band ist immer da. Und wenn du im Himmel bist und ich auf der Erde oder ich im Himmel bin und du hier unten auf der Erde, unser Band wird niemals reißen. Es ist immer da. Das verspreche ich dir."

Paul bekommt große Augen. „Genau, Mama, und wenn ich im Himmel bin und du hier unten, dann warte ich auf dich und halte dir einen Platz auf der Wolke frei." Ich vergrabe mein Gesicht in seinen Lockenschopf. Tränen laufen ihren Weg. Auf einmal hatte ich das Gefühl, da ist noch mehr. Es gibt noch viel mehr, was wir Menschen vielleicht noch gar nicht wissen. Wir müssen den Kindern lauschen, damit wir vom wahren Leben etwas lernen können. Auf einmal merke ich, wie mir der Mut zum Leben wächst. Jede Angst – wie weggeblasen. Ich brauche vor nichts Angst zu haben, denn die Kinder lehren uns, mutig zu sein. Ich lasse Paul langsam aus meinen Armen los, reibe meine verheulten Augen. Neben mir liegt der schönste Engel, der aus dem Himmel gefallen ist, und schläft tief und fest.

Renate Irina Eidenhardt-Ach ist Mutter von zwei Kindern.

Die herzliche Mutter

Es ist leer, still und kalt.
Tröstend sagt man dir: „Sie war alt!"
Im Herzen ein verdeckt bleibendes Loch
und du weißt, es quält dich doch!
Schwebend in Gedanken reist du in die Vergangenheit,
hoffst, dass es dich vom Grübeln schnell befreit.
Traurig schließt du deine Augen,
was du nun siehst, kannst du kaum glauben.
Glückliche Bilder vergangener Tage,
sie strahlen Freude aus, keine Frage.
Schon als Kind trägt sie dich auf dem Arm,
kuschelt dich im Winter warm.
Die ersten Schritte an der haltenden Hand
verbinden wie ein starkes Band.
Immer zur Stelle mit tatütata,
wenn wieder ein Pflaster nötig war.
Der erste Tag in der Schule ein großer Schritt,
du spürst, wie sie jeden Tiefpunkt mit dir durchlitt.
Der Schulabschluss ein großes Fest,
was ihr beide nie vergesst
Danach spanntest du deine Flügel weit auf
und sie ließ dir immer freien Lauf.
Sofort zur Stelle, wo es brannte,
wie man es von einer herzlichen Mutter kannte.
Nun öffnest du wieder deine Augen,
jetzt ist sie weg – noch kannst du es kaum glauben.
Aber plötzlich wird dir klar,
es ist nicht mehr, es war.
Du blickst verträumt in den neuen Tag
und fragst dich, was er bringen mag.
Da greift eine Kinderhand nach dir,

bringt dich zurück ins Jetzt und Hier.
Strahlende Augen funkeln dich bittend an:
Ob mir Mama wohl helfen kann?
Sie fehlt dir für immer, das wird so sein.
Doch nun sind deine eigenen Kinder schutzlos und klein.
Sie tragen dir Liebe und Hoffnung ins Haus,
fordern dich manche Tage lächelnd heraus.
Sie leben das Leben, unbekümmert und rein.
Jetzt kannst du die herzliche Mutter sein.

Katja Lippert, *1982 in Schlema geboren. Nach der Realschule Ausbildung zur Pflegehelferin. Während der Elternzeit mit ihren vier Kindern hat sie nebenbei ein Diplom in der „Praktischen Altenbetreuung" (SGD Fernstudium) und den Abschluss zur Hauswirtschafterin (Berufsfachschule) gemacht. Ihr erstes Kinderbuch ist zweisprachig deutsch-englisch beim Papierfresserchen erschienen: „Liese, Lotte und der Weg in die Welt".*

Meine Schwester Mia

Ich war wütend, als meine Mama mir von Mia erzählte. Nein, ich wollte keine Schwester. Ich fand es gut, Einzelkind zu sein. Warum sollte sich das so plötzlich ändern? „Du wirst immer fetter", sagte ich zu Mama, die meine Hand auf ihren Bauch legte, damit ich Mias Bewegungen spürte. Ich spürte nichts, nur diese Wut in meinem Bauch. Ich würde mein Zimmer mit Mia teilen müssen. Mia würde mir mein Spielzeug wegnehmen. Ich würde auf sie aufpassen müssen, wenn ich was Besseres vorhatte. Und was, wenn meine Eltern Mia lieber hätten als mich? Wenn Mia immer brav wäre und viel, viel hübscher? Das Einzige, das mich tröstete, war, dass Mia meine abgelegte Kleidung tragen müsste. Die Latzhose war an den Knien schon ganz abgewetzt.

Ich rutschte, seitdem mir Mama von Mia erzählt hatte, auf dem Boden herum, damit die Knie noch abgewetzter wurden. Mit Papas Feuerzeug brannte ich ein Loch in mein Prinzessinnenkleid. Sollte Mia doch in einem Löcherkleid herumgehen.

„Freust du dich denn gar nicht?", fragte mein Papa. Wir saßen beide auf dem Sofa und lasen das Buch über Geschwister. Papa las, ich hörte zu und sah mir die Bilder an.

„Nein", dachte ich und sagte nichts. Ich blätterte um, obwohl Papa die Seite noch nicht zu Ende gelesen hatte. Dieses ganze Babygetue war einfach schrecklich.

In der KITA war Läusepest ausgebrochen. Die KITA war zu. Ich hatte gar keine Läuse, musste aber trotzdem zu Hause bleiben. Papa war arbeiten, Mama hatte einen wichtigen Arzttermin.

Wohin also mit mir?

Irgendwie störte ich. Oma und Opa waren auf Korsika und konnten nicht so schnell kommen. Also musste ich mit zum Arzt. Ich konnte mir Schöneres vorstellen.

Im Wartezimmer der Ärztin lagen Bauklötze und Bilderbücher herum. Kleinkinder krabbelten über den Teppichboden oder saßen auf

Schössen und brüllten. Genauso würde es bei uns sein. Eine krabbelnde oder brüllende Mia.

„Willst du mit reinkommen?", fragte Mama.

Wollte ich eigentlich nicht, aber bei den Krabbelkindern und dem Gebrüll zu bleiben, war auch nicht gut.

„Dann wollen wir mal", sagte die Ärztin.

„Jetzt kannst du gleich deine kleine Schwester sehen."

Wollte ich gar nicht, aber dann war ich doch ein bisschen neugierig. Ob sie so aussah wie ich?

Richtig erkennen konnte ich Mia nicht.

„Schau mal", sagte die Ärztin. „Deine Schwester winkt dir zu." Dann plötzlich sagte die Ärztin eine Zeit lang nichts mehr. Sie schaute angestrengt auf den Bildschirm.

„Ist alles in Ordnung?", fragte Mama.

Ich hörte die Angst in ihrer Stimme. Die Ärztin antwortete nicht. Sie sah sehr ernst aus.

„Möchtest du ein wenig im Wartezimmer spielen?", fragte sie mich schließlich.

Wollte ich nicht, aber die Sprechstundenhilfe nahm mich an die Hand und ging mit mir aus dem Behandlungsraum. „Es dauert nicht lang", sagte sie.

Dann dauerte es doch lang, bis Mama zurückkam. Sie sah ganz anders aus als vorher.

„Hast du geweint, Mama?", fragte ich.

Mama sagte nichts. Plötzlich sprach niemand mehr mit mir.

Mama bekam einen Zettel in die Hand gedrückt und wir fuhren mit dem Aufzug nach unten.

Drei Tage später legte Mama die Spieluhr auf ihren Bauch. Mia mochte die Musik, das wusste ich.

„Wir müssen mit dir reden, Schatz."

Na endlich. Es war in der letzten Zeit ziemlich still geworden.

Papa nahm mich in den Arm.

„Deine Babyschwester Mia ist krank. Sie hat keine Nieren. Wir wissen nicht, ob sie es schafft."

Was sollte Mia denn schaffen? Sie hatte doch nichts zu tun. Einfach nur so in Mamas Bauch herumliegen und sich mit der Spieluhr berieseln lassen.

Als Mama und Papa mir erklärten, warum Mia wahrscheinlich nicht überleben würde, fing ich an, Mia zu lieben.

Ich würde ohne Probleme mein Zimmer und meine Spielsachen mit ihr teilen. Ich achtete auf meine Kleidung. Mia sollte nichts Abgewetztes tragen müssen. Die Latzhose würde in die Kleidersammlung kommen. Ich malte Bilder für Mia und hängte die Bilder an meine Kinderzimmertür. Auf einem Bild stand *Mia*. Ich konnte schon Namen schreiben. Rike, Mama und Papa. Und Mia.

Im November wurde Mia geboren. Sie war ein Kaiserschnitt. Am Tag ihrer Geburt starb meine Schwester. Ich habe Mama und Papa noch nie so weinen sehen. Ich weinte mit.

Mia hat ein schönes Grab. Es stehen weiße Engel darauf. Und Tulpen. Auch ein grüner Frosch. Gestern haben wir eine Schale mit Hyazinthen hingestellt, direkt neben das kleine Kreuz aus Holz. Auf dem Kreuz steht *Mia*. Ich liebe Mia noch immer. Meine kleine süße Schwester Mia. Ich bin froh, dass ich ihr im Krankenhaus einen dicken Kuss auf den Kopf gegeben und ihr das Lied von den Sternen vorgesungen habe. Mia hatte schon Haare. Rote Haare. Und so kleine Hände. Den Mund hatte sie von Papa, die Augen von Mama. Und von mir, glaube ich.

Mama hat ein neues Baby im Bauch. Ich bekomme einen Bruder. Er soll Connor heißen. Connor hat Nieren. Wir brauchen keine Angst zu haben, dass er auch auf dem Friedhof liegen wird. Jetzt kann ich wieder auf dem Fußboden herumrutschen, meine Hosen dürfen an den Knien ruhig abgewetzt sein. Jungen tragen keine Mädchenkleidung. Ich lege jeden Tag meine Hand auf Mamas Bauch. Ich fühle, wie Connor sich bewegt. Manchmal tritt er auch. Ich liebe Connor, aber Mia vergesse ich nie. Meine kleine süße Schwester Mia.

Gudrun Güth war Lehrerin am Gymnasium Herten, an der deutschen Schule Brüssel und der Gesamtschule Waltrop und von 1998 bis 2013 Fachleiterin für Englisch in der Lehrerausbildung. Heute ist sie im Ruhestand.

Leben

Was haben Sie denn so im Frühling erlebt
oder
hat nur der Winter in Ihnen weitergebebt?

Mögen Sie eigentlich Ihr Sommergesicht
oder
übersehen Sie einfach die Schrecken in Spiegeln?

Bewahren Sie sich Ihr inneres Kind gut auf
oder
wollte das Leben Ihnen nur Vergehen geben?

Haben Sie sich mit Ihrer Herbstwahrheit versöhnt
oder
halten Sie nur durch, hinnehmend bemüht?

Mussten Sie mehr Gutes tun als Böses verzeihen
und
dabei sich erfreuen? Sehen Sie, so ist das Leben.

Ingeborg Henrichs lebt in Paderborn.

Meine Erzählung, Geschichte oder Erfahrung!

Es war ein wunderschöner Sommertag. Alles lief einfach wundervoll. August. Was für ein wundervoller Monat. Okay, es war ein August. In irgendeinem Jahr. An irgendeinem Tag im August, in irgendeinem Jahr. Aber es war! Oder war es nicht? Ist meine Geschichte vielleicht nur eine Geschichte, eine Erzählung? Oder könnte es, ja, könnte es eine Erfahrung sein, die jemand anderes auch erfahren hat, kennt oder – vielleicht kann es auch nur nachempfunden werden! Von Ihnen! Ich weiß es nicht!

Aber es war, an besagten August-Tag, in diesem, schon erwähnten – irgendeinem Jahr. Vögel flogen über den Bach. Das Wasser floss seinen Weg den Bach entlang. Die Bäume im Wald gaben den Vögeln Schatten, die den Bach entlangflogen.

Leichtes Rauschen, Ruhe sonst – und Freiheit. Ich gehe den Bach entlang, atme die frische Luft ein. Ich kann wieder längere Spaziergänge machen. Mein Blutdruck fühlt sich durch die Medikamente wieder viel besser in mir an. Normaler Blutdruck, die Atmung geht normal. Keine Schmerzen, die mich hindern, die Schritte durch den Wald zu gehen. Ich gehe nicht sehr schnell, aber ich bewege mich.

Es ist ein wundervoller August-Tag. Ich gehe meine Schritte und ich gehe durch den Wald, in meine wieder gefunden Freiheit, in der Natur sein zu können.

Die Vögel über mir zwitschern fröhlich ihr Lied. Die Bäume wispern in ihren Höhen von Freiheit. Mein Atem zieht mit der Luft im Wald. Leben! Natur! Freunde! Tiere! Werte, die sind! Von großen, großen Wert die Liebe. Die Liebe zu jemandem, vielen vertrauten nahen Menschen. Die Liebe zum Leben. Die Liebe zur Natur. Die Liebe zu Freunden. Die Liebe zu Tieren. Die Liebe zu dir selbst.

Und ich gehe, ich gehe weiter und ich beende nun die Erzählung oder eine Geschichte oder meine Erfahrung. Oder es war etwas, dass SIE nachempfinden konnten, beim Lesen meiner Geschichte, Erzählung oder Erfahrung.

Nach schweren Wegen führen gute, schöne befreiende Wege wieder auf andere Wege, vielleicht auf Wege einer neu gefundenen Freiheit.

Oder es führen die Wege einfach auch nur entlang eines Baches, dessen Wasser seine Wege findet – in irgendeinem Wald, frei, sich gehend, atmend erlebend, in völliger Natur und eins mit sich selbst!

Dani Karl-Lorenz: *Die Künstlerin wurde in einer Kleinstadt im Herbst 1967 in der Oberpfalz (Bayern) geboren. Sie ist Autorin aus Leidenschaft. Malt mit Hingabe. Hat schon unter dem Namen Dani Lorenz veröffentlicht. Die Schreiberei wie auch die Malerei gehören zu den Dingen, zu ihren Hobbys, die sie nicht mehr missen möchte. Veröffentlichungen erfolgten in verschiedenen Sammelwerken und Anthologien verschiedener Verlage. Weitere Werke von ihr sind auf ihrer Homepage zu sehen: www.danilyrik.de*

Seelischer Hunger

Einem Kleinkind, in Indien geboren,
– in sehr arme Verhältnisse hinein –,
fehlte mit seinen fünf Geschwistern
vom Beginn an der Sonnenschein.

Der Hunger bestimmte seinen Alltag
und machte schrecklich seine Nacht.
Letztendlich hat es auch der Hunger
zu einem der Waisenkinder gemacht.

Bei „Mutter Theresas Schwestern",
zuerst im Waisenhaus untergebracht,
trafen eines Tages Adoptiveltern ein,
nahmen das Kind mit nach der Nacht.

Im fernen Deutschland angekommen,
war alles völlig neu und interessant.
Doch wie die Menschen dort lebten –
diesen Luxus hatte es nicht gekannt.

Das Kleinkind machte „große Augen",
denn es hatte alles noch nie gesehen.
Es fürchtete sich in seiner Umgebung,
hatte Angst, abends ins Bett zu gehen.

Das Mädchen vermisste seine Heimat.
Seine kleine Seele fühlte sich verloren.
Es verstand diese Fremdsprache nicht
und hat „mitten im Sommer" gefroren.

Still wurde das Kind und sehr traurig.
Große Geduld der Eltern war gefragt.
Das fehlende Vertrauen des Kindes
hat an der neuen Beziehung genagt.

Die Liebe seiner Adoptiveltern war es,
die das Vertrauen stetig wachsen ließ.
Nur mühsam schloss sich die Wunde,
die klaffte, seit das Kind Indien verließ.

Als Jugendliche hat sich dann endlich
der lang gehegte Reisewunsch erfüllt.
Gemeinsam flog man ins ferne Indien.
Würde ihre tiefe Sehnsucht dort gestillt?

Mit dem Flugzeug hatte es seine Heimat
Indien verlassen, wo es die Mutter gebar.
„Wieder daheim", fühlte es sich so fremd,
in dem Land, das einst seine Heimat war!

Das Mädchen traf seine Geschwister.
Aber es war nicht mehr dasselbe Kind.
Welten standen zwischen Menschen,
obwohl sie doch Blutsverwandte sind.

Zerrissenheit spürte die junge Inderin,
die sie erst im Lauf der Zeit überwand.
Ihre Heimat war jetzt da, wo sie lebte,
in dem ihr vertraut gewordenen Land.

***Sieglinde Seiler** wurde 1950 in Wolframs-Eschenbach geboren. Sie ist Dipl. Verwaltungswirt (FH) und lebt mit ihrem Ehemann in Crailsheim. Seit ihrer Jugend schreibt sie Gedichte. Später kamen Aphorismen, Märchen und Prosatexte hinzu. Ferner fotografiert sie gerne. Bislang hat sie bereits über 200 Gedichte im Internet und diversen Anthologien veröffentlicht.*

Hast du den Mut gesehen?

„Gestern bin ich bis zum Fuchsbau gelaufen", prahlte der Hase eines Sommertages. „Ich habe mich neben dem Eingang in die Erde gelegt und so lange gewartet, bis er hinausgekommen ist. Doch bevor er mich hätte sehen können, war ich schon auf und davon!" Er blickte selbstgefällig in die Runde. „Ganz schön mutig von mir, was?"

„Ach, rede doch keinen Blödsinn", schnaubte das Wildschwein. „Ich besitze viel mehr Mut. Ich bin über die Hängebrücke am Fluss balanciert – das traut sich sonst keiner!"

Das Eichhörnchen hörte gar nicht mehr hin. Seltsam, alle sprachen sie von diesem Mut. Alle schienen ihn zu besitzen. Nur es selbst nicht. Wo hatten sie ihn bloß her, diesen Mut? „Wie seid ihr denn an ihn gekommen?", fragte es vorsichtig den Hasen. „Wer hat ihn euch gegeben?"

Doch der Hase zog nur spöttisch die Augenbrauen hoch. „Sei nicht albern", meinte er kopfschüttelnd und zog das Wildschwein mit sich. „Komm, mein Freund, wir stellen etwas an. Dazu gehört nämlich besonders viel Mut."

Kichernd verschwanden die beiden im Unterholz und ließen das Eichhörnchen voller Fragen zurück. Nachdenklich löste es sich vom Fleck und lief tiefer in den Wald hinein. Dieser Mut, er schien vor allem dort zu finden zu sein, wo es gefährlich war. An steilen Klippen, in finsteren Winkeln, an unheimlichen und versteckten, dunklen Orten.

Ein Waschbär kam dem Eichhörnchen entgegen. „Hey du", sagte das Eichhörnchen. „Hast du den Mut gesehen? Ich bin dabei, ihn zu suchen."

Der Waschbär sah das Eichhörnchen gar nicht richtig an. Tränen quollen aus seinen Augen und rannen seine Wangen hinab.

Das Eichhörnchen runzelte die Stirn.

„Was ist denn los mit dir?", fragte es besorgt.

„Der Bär", brachte der Waschbär hervor, „und der Fuchs … sie…

ärgern mich. Sie nennen mich langweilig und sie schubsen mich und … ich weiß nicht, was ich falsch gemacht habe!"

Das Eichhörnchen wurde wütend. „Wo sind sie?", wollte es sofort wissen.

„Nein", wehrte der Waschbär ab. „Lass sie lieber, sonst ärgern sie dich auch noch."

Doch das Eichhörnchen ließ sich nicht davon abbringen, seinem Freund zu helfen. Schnurstracks lief es in die Richtung, aus der der Waschbär gekommen war. Bald traf es auf Bär und Fuchs.

„Was soll das?", rief es, kaum hatte es die beiden Bösewichte erreicht. „Hört ihr wohl auf, meinen Freund zu hänseln? Was fällt euch nur ein? Schämen solltet ihr euch!", schimpfte es. „Stellt euch mal vor, ich würde einen von euch so niedermachen!"

Verdutzt starrten der Bär und der Fuchs das Eichhörnchen an. Dann wich der Bär seinem Blick aus und sah betreten zu Boden. „Du hast recht", murmelte er und streckte verlegen die Pfote aus. „Tut uns leid", sagte er kleinlaut zum Waschbären. Der Fuchs nickte zustimmend. „Es wird nicht mehr vorkommen."

Gemeinsam mit dem Waschbären setzte das Eichhörnchen seinen Weg fort. Am reißenden Fluss, der den Wald in zwei Hälften schnitt, hielten sie inne. Das Eichhörnchen hatte ein Wimmern gehört, ein Weinen, als sei jemand in großer Not. Und da entdeckte es auch schon eine Maus, welche sich ängstlich an einen Stein klammerte, die Augen in Panik weit aufgerissen.

„Wie kann ich dir helfen?", rief das Eichhörnchen.

„Ich sitze hier fest!", schluchzte die Maus. „Und ich weiß nicht, wie ich auf die andere Seite des Flusses gelangen soll!"

„Keine Angst, ich habe eine Idee!" Schon hatte das Eichhörnchen einen langen Ast unter den Blättern hervorgezogen und über das tosende Wasser gelegt. Eiskalte Tropfen bestäubten sein Gesicht, doch unbeirrt platzierte es den Ast so, dass er eine Brücke bildete zwischen dem Stein, der die Maus beherbergte, und dem Flussufer.

Vorsichtig trippelte sie hinüber und seufzte erleichtert auf, als sie wohlbehalten neben den Freunden stand.

„Danke, vielen vielen Dank, du hast mir das Leben gerettet!", rief sie überschwänglich und wischte sich Tränen der Freude aus den Augenwinkeln. „Was treibt euch denn eigentlich an einen gefährlichen Ort wie diesen?"

„Ich suche den Mut", antwortete das Eichhörnchen. „Hast du ihn gesehen?"

Die Maus riss die Augen auf. „Du suchst den Mut?", fragte sie. „Warum suchst du ihn denn, du hast ihn doch schon längst gefunden!"

Das Eichhörnchen runzelte die Stirn. „Wie bitte? Ich habe doch keinen Mut. Deshalb bin ich doch auf der Suche nach ihm!"

„Die Maus hat recht", warf der Waschbär ein. „Du hast mir geholfen, obwohl der Fuchs und der Bär sehr böse zu mir waren und sie viel größer und kräftiger sind als du. Aber dir war das egal, du hast dich für mich eingesetzt. Du hast Mut bewiesen."

„Und du hast mein Leben gerettet, obwohl du selbst hättest in den Fluss gezogen werden können", bestätigte die Maus. „Das war ebenfalls sehr mutig von dir."

„Aber ich …", stammelte das Eichhörnchen überwältigt. „Ich traue mich doch gar nicht in dunkle Wälder oder an steile Klippen oder …"

„Das hat damit doch auch gar nichts zu tun", belehrte es die Maus mit großen Augen. „Mut heißt nicht, anderen zu beweisen, wie toll man ist. Gefährliche Mutproben sind nichts als leichtsinnig." Sie senkte verschwörerisch den Kopf. „Der wahre Mut zeigt sich in den kleinen Dingen. Darin, dass man sich für seine Freunde einsetzt. Dass man zu seiner Meinung steht. Dass man ist, wer man ist, auch dann, wenn andere einen gerne anders hätten. All das zeigt, wie mutig man wirklich ist."

„Und dort musst du auch anfangen, deinen Mut zu suchen", ergänzte der Waschbär. „Sei du selbst. Dazu zu stehen, verlangt genug Mut. Und wer das schafft, der ist viel mutiger als all diejenigen, die auf hohe Bäume steigen oder Felswände hinaufklettern oder all die riskanten Dinge tun. Mut steckt in jedem. Und jeder kann es schaffen, ihn aufzuwecken."

Die drei Freunde setzten ihren Weg fort. Nachdenklich ließ das Eichhörnchen seinen Blick über die vorüberziehenden Büsche streifen. Es fühlte sich wunderbar groß und mutig.

Carina Isabel Menzel: *Ihre größte Leidenschaft gilt dem Schreiben, außerdem tanzt sie, schwimmt und spielt Theater.*

Der Akkordeonspieler

Am Straßenrand sitzt er
tagein, tagaus
holt sein altes
Akkordeon raus

Spielt seine Lieder
für die Leute
lebt nur im Jetzt
lebt nur im Heute

Seine Haut
von Falten durchsetzt
Sein grauer Mantel
abgefetzt

Manchmal wirf einer
ihm etwas zu
mal eine Münze
mal einen Schuh

Er spielt einfach weiter
Sein Blick
glasig und leer
besonders im Winter
hat er es schwer

Doch da kommt einer
der lädt ihn ein
Weihnachten
sein Gast zu sein

Das Herz geht ihm auf
im Lichterglanz
ein warmes Essen
die Weihnachtsgans

An diese Nacht
wird er oft denken
Möge das Schicksal
ihm mehr davon schenken

Dörte Müller, geboren 1967 und aufgewachsen im Harz, schreibt seit 2011 Kurzgeschichten und kürzere Romane. 2014 veröffentlichte sie ihren Debütroman, den sie zwanzig Jahre in ihrer Schublade liegen hatte. Zurzeit lebt sie mit ihrer Familie in den Niederlanden und unterrichtet Englisch, Deutsch und Kunst. In ihrer Freizeit schreibt und illustriert sie Kinderbücher.*

Achim

Kritisch-satirisch erzählt

Mutig sei, nicht nur dazustehen und Ja zu sagen. Mutig sei es eben, in jeder Situation und jederzeit zu den eigenen Ideen und Meinungen zu stehen und sie argumentativ in Diskussionen zu verfechten.

Ich kannte meinen Freund Achim. War er ein Mensch wie alle anderen? Zweifellos konnte er mich im Alltagsleben beeindrucken, denn er entsprach meinem Bild des Menschen, der sich überwiegend mutig verhält. Die von ihm gegangenen Wege, die mir bekannt waren, waren durchaus holprig, aber ich fand sie gerade deshalb hochinteressant. Mutiges Reden und Handeln zeichneten ihn aus! Wahrhaftig: Im Rückblick idealisiere ich *meinen* Achim keineswegs! Denn sicherlich war er auch ein wenig egoistisch, jedenfalls selbstbezogen und sehr ehrgeizig. Weitgehend kompromisslos seine eigenen Meinungen nach außen zu tragen und zu verteidigen, war ohne Zweifel Achims Stolz. Oder handelte es sich dabei auch um Eitelkeit und Selbstverliebtheit?! Vielleicht. Wer kennt schon seine Mitmenschen, auch die Freunde, wirklich ganz genau!?

Ach, jedenfalls war er auf seine eigene Art mutig! Als Mensch konnte ich ihn voll akzeptieren, für mich war er eine tugendhafte Persönlichkeit! Doch nicht jeder akzeptierte ihn. Die Meinungsbildung ist frei, sodass immer wieder auch verschiedenste Meinungen gegen die seinen standen! Und auch gegen ihn als Mensch! Sogar ich hatte bisweilen gegen ihn anzukämpfen, was ich aber positiv bewertete.

Freund Achim stellte sich seinen *Gegnern*, *Gegenspielern* und *Kritikern*. Leider wurden aus solchen manchmal auch persönliche Feinde. Es war erstaunlich, jedoch gab es für ihn fast nie ein Zurückweichen, ein Zugeben, ein Aufgeben.

Manchmal, wenn ich es als Zufallszeuge mitbekam, zeigte sich ein Spiel der Bilder und Worte – ohne moralische Verbindlichkeiten, ohne tieferen Sinn. Eher ein Plappern. Nicht nur deswegen führte er ein aufreibendes Sozialleben, welches ich gar nicht hätte führen wollen.

Aufreibendes Sozialleben?

An einem späten Nachmittag

Loretta, Achims Schwester, stand fest zu ihrem Bruder! Ich kannte sie fast ebenso lang wie ihn. Nach einem tragischen Vorfall – Achim war in einer lauen Sommernacht mitten in der City niedergestochen worden – fanden wir drei zusammen, bewohnten dann schließlich gemeinsam eine kleine Mansardenwohnung. Loretta und Achim hatten sie von ihren Eltern geschenkt bekommen. Achim hatte sich gesundheitlich vom Mordversuch erholt, fuhr im Alltag immer wieder zur moralischen Höchstform auf ... sein Charakter hatte so gar nicht gelitten. „Brauche das irgendwie!", seufzte Achim an einem der späten Nachmittage, die wir nach der Arbeit im winzigen Wohnzimmer der Mansardenwohnung zu dritt verbrachten. Ein, zwei sorgenfreie Stunden sollten es auch dieses Mal werden. Er saß auf seinem Bequem-Sessel und paffte eine Zigarette. In Flugzeugen saß er allerdings viel lieber! Schwester Loretta, die hellhäutige Schönheit, stand gerade am offenen Mansardenfenster und atmete die ersten Frühlingsdüfte. Sie blickte zuerst kurz nach unten, die Bäume lagen leicht im Wind. Dann: Im Gewölk zeigte sich, gar nicht weit entfernt, ein weißes Segelflugzeug.

„Da drüben fliegt wieder einer!", stellte Loretta fröhlich fest. Der Flugplatz war ganz in der Nähe. Achim ging öfter hin, um dort Beobachtungen anzustellen. Viele Anwohner des Ortsteils besuchten interessehalber diesen Flugplatz.

Heute war Loretta richtig gut gestimmt. Sie lächelte und lächelte, hatte sie doch in einem öffentlichen Wettbewerb eine digitale Fotokamera gewonnen. In diesem Augenblick spielte sie mit ihr vor Achims Augen.

„Noch ein Foto, Achim, ein Flugzeugfoto!", tönte Loretta.

„Gib her!", forderte er dann rigoros, aber Loretta sah das nicht ein.

„Das ist meine!!", widerstand sie tapfer.

Achim war hartnäckig, ein bisschen unverschämt. Nicht nur ein bisschen! Loretta lief im Gesicht rot an. Am liebsten wäre sie rausgerannt, ins Freie, zu den Menschen auf der belebten Straße, nicht weit von einer Hauptverkehrstangente entfernt. Mit demonstrativer Gelassenheit setzte sie sich allein vor das Mansardenfenster und fotografierte das Segelflugzeug.

„Schön, schön!", sagte Achim, sprang auf, riss seiner Schwester den Apparat aus den Händen, um auch Fotos zu schießen.

„He du!!!", fluchte sie. Sie schubste ihn, sodass die digitale Fotokamera auf den Boden fiel. Es gab eine Rangelei, die Achim aufgrund seiner größeren Körperstärke gewann. Er setzte ein überlegenes Grinsen auf, lachte laut. Den Apparat warf er angeberisch in die Höhe, um ihn elegant aufzufangen.

„Ja!!!", kam es von ihm. Bestens aufgefangen! Aber ich sah, wie mein *Lieblingscharakter* den Apparat mit einem Mal aus dem Fenster schleuderte. Das war übel, offensichtlich geboren aus der Wut gegen Loretta, die am liebsten hinterhergeflogen wäre. Die Fähigkeit zu fliegen, war ihr nicht zu eigen. Meine Enttäuschung war groß, denn sie verhielten sich wie kleine Kinder.

Schlussbetrachtung

Tatsache, manchmal war ich sogar etwas neidisch auf Achim – als sein *Bewunderer* und Freund. Wissen wir doch alle, dass Freunde oft die Eigenschaften als Menschen aufweisen, die wir selber gerne hätten! Wir glauben ganz fest an sie, diese Menschen mit den besonderen schätzenswerten Eigenschaften!

Aber ich hatte nicht vor, ihn nachzuahmen, vielmehr dachte ich, dass es ganz gut wäre, möglichst oft mit ihm zusammen zu sein. So meinte ich das Positive, welches er auf mich ausstrahlte, in mich aufnehmen zu können. Dass für mich dadurch bei ihm kleinere Macken sichtbar werden würden, ahnte ich noch nicht einmal!

Als wir an diesem einen späten Nachmittag zusammen waren – wie ein *Triumvirat der Lebensfreude* – kamen binnen ein, zwei Stunden zu viele von Achims Macken zum Vorschein. Dies war aber bloß ein Nachmittag von vielen, die ich mit dem Geschwisterpaar verbrachte – und ganz Ähnliches erfahren musste. Konflikte primitiver Art gab es leider zuhauf. Ich will es nicht beschreien: Mein Achim war eben doch nur ein Mensch wie alle anderen! Im Grunde, so finde ich heute, bin ich der, der viel mutiger als Freund Achim ist. Denn ich habe den Mut, meine Beziehung zu ihm zu hinterfragen!

Kay Ganahl, *Diplom-Sozialwissenschaftler und Schriftsteller*

Der Mann mit dem Dachschaden

Der Mann hatte wirklich einen Dachschaden. Nein, nicht so einen, wie ihr jetzt denkt. Das Oberstübchen, das bei ihm nicht ganz dicht war, das war sein Dachboden. Es regnete nämlich herein.

„Zu dumm!", dachte Herr Meier – so hieß der Mann mit dem Dachschaden. „Zu dumm, dass ich das blöde Dach noch nicht abgedichtet habe! Wenn's heute Abend regnet, ist mal wieder alles zu spät. Unter dem Loch wird eine Pfütze stehen. Eine Pfütze so groß, dass Fische drin schwimmen könnten."

Aber auch heute war Herr Meier wieder zu faul, seinen Dachschaden zu beheben. Immerhin brachte er es noch über sich, eine alte Zinkwanne unter das Loch im Dach zu stellen. Die Zinkwanne war ihm schon lange nicht mehr aufgefallen. Aber jetzt fand er sie ganz praktisch.

Als er die Wanne unter das Loch im Dach geschoben hatte, wurde Herr Meier sehr müde. Er war ja auch erst von der Arbeit nach Hause gekommen und hatte aus purer Gewohnheit auf dem Dachboden nach dem Rechten gesehen. Als er die Treppe hinunterging, beschloss er, sich gleich ins Bett zu legen. Satt war er schließlich noch von diesen entsetzlichen Germknödeln, die es zum Mittagessen in der Werkskantine gegeben hatte. Sie kullerten wie Fußbälle in seinem Bauch herum. Herr Meier sank in einen tiefen Schlaf. So bemerkte er nicht, dass nachts ein Gewitter aufzog. Es goss wie aus Kübeln – doch Herr Meier schlief fest wie ein Murmeltier. Natürlich regnete es auch zum Dach herein ...

Im Gasthaus nebenan war wie immer noch bis spät in die Nacht Betrieb. Doch auch das störte Herrn Meier nicht weiter. Schließlich war der Wirt sein Schulfreund, der ihm auch jetzt noch die Blumen goss, wenn er im Urlaub war.

Am nächsten Tag stand Herr Meier wie immer sehr früh auf, wusch sich, frühstückte und ging zur Arbeit.

Was Herr Meier auf der Arbeit so alles erlebte, das ist langweilig und lohnt sich nicht zu erzählen. Aber über den Wirt im Gasthaus neben Herrn Meier muss ich euch noch etwas erzählen. Er war nämlich ein wirklich guter Schulfreund von Herrn Meier. Er tat ihm auch immer noch gerne einen Gefallen, aber irgendwie fand er, dass nicht nur sein Dach, sondern auch Herr Meier selbst nicht ganz dicht war. Er hatte auch schon mitbekommen, dass der Meier jeden Tag auf den Dachboden rannte, aber andererseits nie die Zeit fand, das undichte Dach zu reparieren. Als Herr Meier abends nach Hause kam, ging er wie immer zuerst auf den Dachboden. Es musste in der Nacht ganz furchtbar geregnet haben! Sicher war die Zinkwanne voll Wasser. So schnell war Herr Meier noch nie die Treppe hinaufgerannt. Endlich war er oben und schaute in die Wanne. Er traute seinen Augen nicht: Es schwammen Fische darin herum!

Hatte sich da jemand einen üblen Scherz mit ihm erlaubt? Na und, wenn schon! Eigentlich war es Herrn Meier ganz recht, Fische in der Wanne zu haben. Schließlich hatte er schon als Kind immer von einem Aquarium geträumt und nie eins bekommen. Und auch jetzt hatte er im Haus nirgends Platz für eines. War dieses Ersatzaquarium auf dem Dachboden nicht genial? Die Fische würden in der Wanne bei jedem Regenguss frisches Wasser bekommen. Es würde sich gar nicht mehr lohnen, den Dachschaden zu reparieren. Und endlich hätte Herr Meier einen wirklichen Grund, nach der Arbeit immer auf den Dachboden zu gehen. Er konnte hier gemütlich seinen Fischen zuschauen, so wie er es sich als Kind immer gewünscht hatte. Und so ging Herr Meier nach wie vor jeden Tag nach der Arbeit auf den Dachboden, um seine Fische zu bestaunen. Nur eines vergaß er dabei: Fische leben nicht nur vom Wasser. Wenn ihr jetzt aber denkt, die Fische wären verhungert, dann habt ihr die Rechnung ohne den Wirt gemacht. Ihr müsst nämlich wissen, dass der Gastwirt zum Namenstag Plastikfische aus Japan geschenkt bekommen hatte. Die schwammen herum wie echte. Dem Wirt gefielen sie trotzdem irgendwie nicht so recht.

Herr Meier hat übrigens bis heute einen Dachschaden. Irgendwie lebt er aber trotzdem ganz glücklich mit seinen pflegeleichten Fischen, oder?

Thomas Trauth: *Astronaut? Pilot? Lokführer? Gerade mal 11 Jahre alt war Thomas, als er Schriftsteller zu seinem Traumberuf erklärte.*

Wünschen leicht gemacht

Für Hilde

„Wünsche sind dazu da, um erfüllt zu werden", hatte ihre Großmutter gesagt, als sie noch ein kleines Mädchen war. Anke fiel dieser Satz ein, als sie mit ihrem Dackel am Rande eines Waldes mitten im Schwarzwald spazieren ging. Der Schnee lag hoch und die Kälte schmerzte schon beinah im Gesicht. Ihre Wangen gerötet, den Schal fest um den Hals gewickelt, stapfte sie durch den Schnee. Trotzdem sie die Mütze über beide Ohren gezogen hatte, hörte sie bei jedem Schritt das Knirschen des Schnees. Ihr Dackel Finn pflügte sich mit seinen kurzen Beinen durch die Schneedecke mit einer Geschwindigkeit, die sie kaum folgen ließ.

Die Stille des Wintertages wurde durch das Hecheln des Hundes durchbrochen. Ihr warmer Atem bildete eine weiße Wolke in der frostigen Luft. Vor Finns Maul hatten sich schon kleine Eiszapfen gebildet. Das erweckte den Eindruck, als trüge er einen Bart.

„Aber was mache ich, wenn mir keiner meine Wünsche erfüllt?", hatte sie damals neugierig auf die Worte ihrer Großmutter gefragt.

Diese hatte verschmitzt gelächelt und geantwortet: „Entweder du übst dich in Geduld oder in Aktivität. Das ein oder andere Mal musst du deinem Glück durch Arbeit und Hartnäckigkeit auf die Sprünge helfen." Lange diskutierten sie über das Thema. Das Kaminfeuer und der heiße Kakao mit Sahne hatten ihr Übriges getan, um das Gespräch nie enden lassen zu wollen.

Das war lange her und mittlerweile lebte sie in dem Haus ihrer Großmutter. Es war ihr Geschenk an sie gewesen, nachdem sie nach einer langen Krankheit von ihren Liebsten hatte Abschied nehmen müssen.

Das Bellen von Finn riss sie aus ihren Gedanken und sie hob den Blick. Gerade eben noch sah sie das Reh wegspringen. Trotz seiner kurzen Beine besaß Finn einen ausgeprägten Jagdinstinkt. Doch sehr schnell kehrten ihre Gedanken zu ihren Erinnerungen zurück.

„Dann wünsche ich mir immer noch mehr Kakao und ganz viel

Schokolade. Du bist ja immer da, um mir diesen Wunsch zu erfüllen!", hatte sie damals übermütig gerufen und die Arme in die Luft geworfen.

Ihre Großmutter hatte warnend den Zeigefinger gehoben. „*Immer* ist ein dehnbarer Begriff, Liebes." Mit einem fragenden Blick hatte sie die alte Dame angeschaut. „Ich werde versuchen, es dir zu erklären: Ich esse für mein Leben gerne Käsekuchen. Es wäre jedoch verkehrt, sein ganzes Leben immer Käsekuchen zu essen, wenn man im Laufe der Zeit mehr Geschmack am Bienenstich findet. Das kann passieren. Sehnsüchte und Wünsche ändern sich mit dem Gang der Dinge, sodass es notwendig werden kann, neue Wege einzuschlagen. Das Wichtige ist, sich dies bewusst zu machen und den Mut dafür zu haben, so entsteht kein fader Beigeschmack."

Anke hatte da schon mit ihren zehn Jahren verstanden, dass die Sache mit den Wünschen nicht so leicht war. Aber es wurde noch komplizierter, denn ihre Oma legte noch nach. „Es wäre ebenso falsch, immer ein Stück Schwarzwälder Kirschtorte zu essen und sich und den anderen weiszumachen, es wäre schon immer mein Lieblingskuchen, obwohl ich doch viel lieber Käsekuchen esse. Es ist also wichtig, dass deine Wünsche auch wirklich *deine* Wünsche sind. Vielleicht willst du ja nur die Schokolade und den Kakao, um deiner alten Großmutter zu gefallen?", scherzte sie abschließend.

Anke kratzte sich damals nachdenklich am Kopf. „Schokolade ist doch immer eine gute Idee!", hatte sie damals bei sich gedacht, aber sich nicht mehr getraut, dieses laut auszusprechen.

Finn bellte erneut und Ankes Gedanken wurden wieder unterbrochen. Auf einer Lichtung saß ein Hase in seinem weißen Wintergewand. Einladend wackelte er mit den Ohren und reckte seine Nase in die Luft. Schnell nahm Anke Finn an die Leine. Auf eine lustige Jagd über Stock und Stein hatte sie keine Lust, denn wenn Finn in Fahrt kam, war er kaum zu bremsen. Die Lichtung kam ihr bekannt vor, auch wenn es nicht der Weg war, den sie eigentlich hatte einschlagen wollen. Es erinnerte sie an etwas, das mit ihrer Kindheit zu tun hatte. Häufig war sie mit ihren Großeltern in dem Wald spazieren gegangen.

Ihr fiel wieder das Gespräch über das Wünschen ein und da fügte sich gedanklich in ihr etwas zusammen. Ganz in der Nähe musste es sein. Sie bog an der verschneiten Tanne scharf nach rechts ab.

Finn knurrte, der prompte Richtungswechsel hatte ihn überrascht. Viel lieber wäre er dem Hasen hinterhergelaufen und nicht seinem Frauchen gefolgt, aber die Leine an seinem Halsband ließ ihm keine Wahl. Jetzt war Anke es, die das Tempo vorgab.

Sie erreichten einen kleinen Bach. Er war zugefroren und die Eiskristalle glitzerten in der klaren Luft. Finn zerrte an der Leine, er wusste, dass dies nicht der Weg nach Hause war zu seinem warmen Hundekorb und einem Napf voll Futter.

„Komm schon, Finn, alter Junge, es ist nicht mehr weit. Ich muss nur kurz eine Sache nachsehen, dann gehen wir nach Hause!", rief Anke ihrem Hund zu. Widerwillig folgte Finn.

Anke hatte damals ihre Großmutter gefragt, wie diese einen dringenden Wunsch von einem weniger wichtigen Wunsch unterscheiden konnte. Diese hatte gelacht und gesagt, sie habe einen ganz einfachen Trick auf Lager, um sich selbst zu testen. Diesen vorwitzigen Blick in den Augen ihrer Oma hatte Anke gerade vor Augen. Sie und Finn erreichten einen alter Hochsitz, in dem hielt gewöhnlich ein Förster Ausschau nach den Tieren des Waldes. Sie näherte sich zielstrebig dem hinteren, rechten Fuß des hölzernen Gestells.

„Los, Finn, lass deine krummen Beine fliegen und grabe! Hier muss es sein, wenn ich mich recht erinnere!", rief Anke dem kleinen Hund zu. Auch sie fing an, mit den Händen den tiefen Schnee zu beseitigen. Trotz der dicken Handschuhe spürte sie die Kälte und ihre Finger wurden ganz taub. Finn, der seinem Frauchen erst verdutzt zu gesehen hatte, hielt die ganze Sache für ein Spiel und begann nun auch, das Loch zu vertiefen. Die Eiskristalle flogen nur so durch die Luft. Ganz außer Atem hielt Anke inne, nachdem sie auf etwas gestoßen war. Ein Flaschenhals lugte aus dem Schnee. Er bestand aus grünem Glas und der bauchige Charakter der Flasche ließ sich erahnen.

„Finn, wir haben sie gefunden, die Wunschflasche meiner Großmutter! Es gibt sie immer noch!" Finn wedelte aufgeregt mit dem Schwanz. Er spürte, wie sehr sich Anke freute.

„Ganz einfach. Ich weiß, dass ein Wunsch wichtig ist, wenn er es mir wert ist, ihn aufzuschreiben und den Zettel in meine Wunschflasche zu werfen. Der Weg dorthin ist lang und beschwerlich. Ist mir der Weg zu weit, ist der Wunsch unbedeutend und nicht wertvoll!", waren die Worte ihrer Oma gewesen, als diese ihr von ihrem

Geheimnis erzählt hatte. Sie hatten sich gemeinsam auf den Weg gemacht und die alte Dame hatte ihr diesen Platz gezeigt, wo die Flasche versteckt war. Im Laufe der Jahre war ihr diese Erinnerung verloren gegangen und erst am heutigen Tag war sie wieder ans Tageslicht gekommen.

Anke beschloss, dass es ab dem heutigen Tag auch ihre Wunschflasche werden sollte. Finn bellte ungeduldig und Anke rief, sehr zu seiner Freude, zur Heimkehr auf. Jetzt wünschte sie sich einen heißen Kaffee mit Milch und Zucker vor dem brennenden Kamin, ganz einfach und konkret. Und die Frage mit der Wunschflasche brauchte sie sich heute nicht zu stellen, denn sie stand ja direkt vor ihr. Finn und sie machten sich auf den Weg und schon bald sahen sie die ersten Lichter der Häuser. Ihr Wunsch rückte in greifbare Nähe. Anke grinste und dachte bei sich: „Wenn es doch immer nur so einfach wäre mit dem Wünschen!"

Dr. med. Barbara Bellmann wurde 1984 in Hagen/Westfalen geboren. Sie lebt mit ihrem Partner in Düsseldorf und arbeitet dort als leitende Oberärztin für Kardiologie. Sport und Literatur begeistern sie neben ihrer Tätigkeit als Ärztin. Im Frühjahr 2017 erschien ihr erster Roman „Alexander bricht aus" in Zusammenarbeit mit Theres Krause.

Das kleine Schnitzelchen

Es war einmal auf einem Bauernhof, da lebte das kleine Schnitzelchen. Es war ganz rund und rosig, hatte ein geringelten Schwänzchen und eine süße Schweineschnauze, denn Schnitzelchen war ein Schweinchen. Schnitzelchen war nicht mutig. Es hatte vor allem Angst: vor den Hofhühnern

Kamen die Hühner auf dem Hof – rannte Schnitzelchen weg. Kam die Kuh Kordula von der Weide – flitzte Schnitzelchen fort. Lief Pferd Ferdinand aus dem Stall – *schwups* war Schnitzelchen im Schweinchengalopp auf und davon. Und wenn es donnerte und Blitze durch den Himmel zischten – Schnitzelchen war sogar schneller weg als die Blitze.

Und weil Schnitzelchen ein richtiges Angstschweinchen war, versteckte es sich am liebsten in einer kleinen Erdhöhle direkt hinter dem Stall. Eigentlich sollten alle Tiere nachts im Stall schlafen, doch Schnitzelchen hatte ein loses Brett an der hinteren Stallwand entdeckt, wodurch es unbemerkt nach draußen schlüpfen konnte. Dort hatte es ein Erdlochversteck gefunden, wo es sich nicht nur versteckte, weil es so ängstlich war, sondern auch, weil sich alle Tiere über seine Größe lustig machten. Denn Schnitzelchen war sehr klein, nicht viel größer als ein Meerschweinchen.

So machte sich die Kuh Kordula über Schnitzelchen lustig: „Du kleines Schweinchen, kannst ja noch nicht mal Milch geben so wie ich. Jeden Morgen holt der Bauer bei mir Milch und die ganze Familie liebt meine Milch. Du bist ja selbst für ein Schnitzelchen viel zu klein."

Pferd Ferdinand sagte: „Wenn du wenigstens dem Bauern helfen könntest. Aber dafür bist du viel zu winzig. Ich helfe dem Bauern beim Pflügen seines Feldes und die Kinder jauchzen, wenn sie auf mir reiten. Auf dir kann ja nicht mal eine Maus reiten, denn du bist nur ein winzig kleines Schnitzelchen."

Am gemeinsten von allen aber waren die Hühner: „Wir legen Eier, die die ganze Familie satt machen", gackerten sie durcheinander. „Du bist sogar zu klein für ein Schnitzel. Du wärst höchstens ein Schnitzelchen. Pah."

Die Worte taten dem armen Schweinchen sehr weh. So blieb es auf dem Hof allein und ohne Freunde, aber hatte dafür auf ewig seinen Namen: Schnitzelchen.

Eines Nachts, als alle schliefen, wurde Schnitzelchen durch Blitze, lautes Donnern und einen beißenden Geruch in seiner Erdhöhle geweckt. Als es vorsichtig hinaussah, entdeckte es, dass ein Blitz in einen Baum eingeschlagen hatte. Dieser Baum war vor die Stalltür gefallen und versperrte den Eingang zu den Tieren. Er brannte lichterloh und bald würde der ganze Stall brennen.

Angesichts der großen Gefahr für die anderen Tiere konnte Schnitzelchen an nichts anderes denken, als dass es dringend Hilfe holen musste. So vergaß Schnitzelchen, dass es eigentlich Angst vor den Blitzen und dem dröhnenden Donner hatte. Und weil es im Herzen wusste, dass alle Tiere so schnell wie möglich aus dem Stall hinausmussten, rannte es mit seinen Schweinebeinchen so schnell wie noch nie in seinem Leben zum Haus des Bauern und quiekte so herzzerreißend laut es nur konnte.

Als der Bauer verschlafen aus seinem Haus kam, um nach dem Quieken zu sehen, sah er das Feuer und rief sofort die Feuerwehr. Dann rannte er zum Stall, weil er seine Tiere retten wollte. Doch leider konnte er allein den brennenden Baum nicht beiseiteschaffen und an ein Vorbeikommen war gar nicht erst zu denken. So sah es ganz danach aus, als könnten die Tiere nicht rechtzeitig gerettet werden, die aus dem zunehmend verrauchten Stall laut um Hilfe wieherten, muhten und gackerten.

Schnitzelchen hörte die Hilferufe auch, überlegte nicht lange und dachte nicht an die vergangenen bösen Worte oder an seine Angst, sondern nur daran, dass alle heil aus dem Stall rauskommen sollten. So flitzte es im Schweinchengalopp zur Rückseite des Stalls und schlüpfte schnell durch sein kleines Schlupfloch hindurch direkt zu Ferdinand. Als Ferdinand Schnitzelchen sah, sagte er: „Was willst du Angstschweinchen denn hier? Bring dich in Sicherheit."

Doch Schnitzelchen schüttelte seinen Kopf, deutete zu seinem versteckten Durchgang und rief: „Nein, denn ich kenne einen geheimen Weg nach draußen. In der Wand hinter dir ist eine lose Latte. Du musst mit aller Kraft gegen diese Latte treten. Dann wird der Durchgang groß genug sein, damit wir alle gemeinsam raus können, bevor sich das Feuer weiter ausbreitet."

Aber Ferdinand sagte: „Ich habe mich aus Angst vor dem beißenden Rauch mit meinen Hinterbeinen in meinem Zaumzeug verheddert und hänge fest."

Schnitzelchen dachte nur an die Rettung aller Tiere und vergaß seine restliche Angst. Er ging zu Ferdinands Kehrseite und biss beherzt die verknoteten Lederstriemen durch.

Inzwischen wurde jedoch der Rauch im Stall immer dichter und Ferdinand rief: „Schnitzelchen, der Rauch ist zu stark. Ich kann die lose Latte nicht sehen. Lauf hinaus und rette wenigstens dein eigenes Leben."

Schnitzelchen aber schrie: „Nein, ich bleibe und helfe! Hör einfach auf meine Stimme. Bleib ruhig! Und dann tritt mit deinen Hinterbeinen, wenn ich bis drei gezählt habe, so fest in die Richtung, aus der meine Stimme kommt."

Und Schnitzelchen zählte laut: „Eins, zwei, drei."

Ferdinand trat zu, wie Schnitzelchen es gesagt hatte. Einmal. Zweimal. Dann stürzte die Rückwand vom Stall ein und alle Tiere folgten den lauten Rufen von Schnitzelchen hinaus in die luftige Freiheit.

In der Zwischenzeit war draußen die Feuerwehr eingetroffen und mit dem Löschen des Feuers und Beseitigen des brennenden Baumes beschäftigt. Der Bauer und die Feuerwehrleute trauten ihren Augen nicht, als sie beobachteten, wie alle Tiere unversehrt und wohlauf dem kleinen, quiekendem Schnitzelchen folgten.

In Sicherheit umringten die Tiere Schnitzelchen und Kordula fragte: „Warum hast du uns gerettet? Wir waren doch immer so gemein zu dir."

Schnitzelchen erzählte: „Ich wurde auf einem Schweinehof geboren. Dort brannte es eines Tags. Alle Tiere, auch meine Mama, starben. Aber bevor meine Mama starb, nahm sie mich in ihre Schnauze und schleuderte mich mit letzter Kraft aus dem brennenden Stall. So überlebte ich durch den Mut meiner Mama. Später fand mich dann euer Bauer und brachte mich hierher. Durch den eingeatmeten Rauch wuchs ich nicht mehr und blieb klein. ... Niemand hat solch eine Feuerhölle verdient."

Ferdinand sprach als Erster: „Das wussten wir nicht. Danke, liebes Schnitzelchen. Ohne deine Hilfe hätten wir es nie geschafft."

Die Kuh Kordula sagte: „Tut mir wirklich von Herzen leid, welch böse Worte ich in der Vergangenheit zu dir gesagt habe."

Und die gesamte Hühnerschar stimmte mit ein: „Danke, Schnitzelchen. Wir werden dich nie wieder ärgern oder gemein sein zu dir. Du bist unser Retter auf ewig. Wir möchten dich gern zum Freund haben und immer nett zu dir sein."

Schnitzelchen fühlte sich zwar erschöpft von seinem unerwarteten Mut, aber freute sich auch sehr über die lieben Worte der Tiere. Und weil er nicht nur ein liebes und kleines Schweinchen, sondern auch ein großherziges war, verzieh er allen für die vergangenen Worte.

Von da hielten alle Tiere ihr Wort und Schnitzelchen hatte viele Freunde, die ihn aufrichtig schätzten, wirklich lieb hatten und ihm jeden Wunsch erfüllten, weil sie ihm so unendlich dankbar waren, dass er ihnen ihr Leben gerettet hatte. Seit diesem Tag kannten nicht nur alle Tiere und Menschen vom Bauernhof Schnitzelchens Heldentat. Auch im ganzen Dorf hatte es sich durch den Bauern herumgesprochen:

Ein kleines Schnitzelchen kann sehr großes leisten – es braucht dafür nur etwas Mut.

Susann Scherschel-Peters: Sie ist Diplom-Pädagogin und ausgebildete Trauerbegleiterin/-rednerin. Als Autorin schreibt sie seit 2012 Kurzgeschichten, Märchen, Gedichte und Elfchen für Kinder und Erwachsene, die sie auch gern ihren Kindern vorliest. Nebenberuflich ist sie als Dozentin mit dem Schwerpunkt Trauer um Tiere tätig. Sie lebt zusammen mit ihrem Mann und ihren beiden Söhnen in Frankfurt am Main. Aktuell schreibt sie an ihrem ersten Sachbuch für Erwachsene. Mehr unter: www.susann-scherschel.de

Rosalia

Es stand das Pferdekind Rosalia
des Nachts vorm Stall und in die Sterne sah,
bewundernd Pegasus, das Himmelsross,
bis manche Träne aus den Äuglein floss.

Ihr Herz, halb wonnevoll, halb wehmutsschwer,
ließ sie zur Ruhe finden nun nicht mehr.
So rief Rosalia dem Sternbild zu:
„Ach, Pegasus, ich wollt', ich wär' wie du.

Ich stiege ach so gern empor zu dir.
Nur fehl'n zu meinem Glück die Flügel mir.
Den Himmel ich erkunden wollt', doch werd'
für immer bleiben wohl ein Erdenpferd."

Als diese Worte sie im Stall vernahm,
die Mutter rasch an ihre Seite kam
und sprach: „Hier unten ist doch unser Platz.
Wer wird denn woll'n so hoch hinaus, mein Schatz!

Dich doch des Lebens freu und spring und lauf!
So steigst doch auch du in die Lüfte auf
und schnappst dir manches nied're Himmelsstück.
Und du ja weißt: Es liegt der Erde Glück

auf deinem Rücken auch, der noch recht klein.
Wie sollte da noch Platz für Flügel sein?"
Sie stupste an ihr Kind und freudig sah,
dass wieder lächeln konnt' Rosalia.

Wolfgang Rödig

Der Stinkstiefel

Aufnahmerituale waren überall gleich blöd. In der fünften Klasse hatten ein paar Mädchen Jennifer über Nacht im Fahrradkeller der Schule eingeschlossen. Die Trainerin ihrer Volleyballmannschaft hatte sie nach dem ersten Training fünfzig Bälle aufpumpen lassen, deren Haut so porös war, dass der erste Ball die Luft längst wieder verloren hatte, als sie mit dem letzten fertig war. Und nun, am ersten Tag ihres Volontariats, musste sie ein Interview mit Gabriel Wawczicek führen, mit dem Unaussprechlichen, mit dem Aussätzigen. Dem Mutigen, wie ihre Mutter gesagt hätte, wegen der sie mit dem ganzen Journalismus-Unsinn überhaupt erst angefangen hatte.

Vor ungefähr Jahren hatte Wawczicek, gelangweilt von den endlosen Jahresversammlungen der Gartenbaufreunde und Kleintierzüchter, geglaubt, die ganz große Geschichte ausgegraben zu haben. Charlotte von Lewenepp hatte sich erhängt, die Oberbürgermeisterin der Stadt, Vorsitzende dreier wohltätiger Vereine, Trägerin des Bundesverdienstkreuzes.

Draußen im Wald hatte man sie gefunden, als sie von der angeblichen Geschäftsreise nicht zurückgekehrt war, und wenig später hatte die blonde hochhackige Sekretärin des Herrn von Lewenepp nicht mehr verbergen können, wie schwer sie im bildlichen wie wortwörtlichen Verständnis an den Folgen ihres Leichtsinns zu tragen hatte.

Der Fall war sonnenklar gewesen – für die gesamte Stadtbevölkerung, für die örtliche Polizei, selbst für das sicherheitshalber eingeschaltete Landeskriminalamt. Einige Tage lang hatte sich die lokale Regenbogenpresse in der moralischen Verwerfung gesuhlt, die durch Herrn von Lewenepp und seine Sekretärin zutage getreten war, welch Letztere kurz vor dem Entbindungstermin für immer aus der Stadt verschwand.

Längst leitete zu diesem Zeitpunkt der ebenso farb- wie erfolglose Nachfolger der unglücklichen Frau von Lewenepp die Geschicke der Stadt.

Gras schickte sich an, über die Sache zu wachsen, und nur Wawczicek, der sich in der allgemeinen Schmutzkampagne gegen Lewenepp und seine Vorzimmerschlampe auffallend zurückgehalten hatte, interessierte sich noch für den Fall. Der unglückliche Witwer hatte sich soeben, wenige Monate nach dem Verschwinden der Geliebten, aus dem Vorstanc eines internationalen Bankhauses ins Privatleben zurückgezogen, als Wawczicek seine Stunde gekommen sah und das Licht der Öffentlichkeit mit einer Geschichte suchte, die ihn bald darauf seine Festanstellung in der Redaktion kosten sollte, als deren Volontärin Jennifer nun einen Bericht über den ehemaligen Mitarbeiter des Hauses verfassen würde.

Wawczicek wohnte am Stadtrand, in einer so winzigen Wohnung, dass Jennifer sofort Platzangst bekam. Natürlich hatte sie ihren Besuch angekündigt und ganz offensichtlich war Wawczicek bemüht, einen guten Eindruck auf sie zu machen. Die Wohnung musste gerade eben, wenn auch etwas nachlässig, geputzt worden sein, ihr Bewohner war frisch geduscht und frisch rasiert, und dennoch hing überall ein monatealter Mief, der sich durch die jüngsten Reinigungsaktionen nicht hatte vertreiben lassen und Jennifer den Magen umdrehte.

Wawczicek schien davon nichts zu bemerken, begrüßte sie überschwänglich, führte sie in das kleinste denkbare Wohnzimmer und bot Kaffee und Kekse vom Discounter an. Jennifer seufzte und schaltete den Laptop ein und Wawczicek begann zu erzählen.

Das meiste kannte sie aus Wawcziceks Artikel, der einem übermüdeten Schlussredakteur vor beinahe drei Jahren durchgerutscht und dessen Konsequenz erst eine Verleumdungsklage und dann Wawcziceks fristlose Entlassung gewesen war. Wenige Wochen nach Frau von Lewenepps Ableben hatte Fridolin Palm, Firmenchef eines Automobilzulieferers und größter Arbeitgeber am Ort, im Stadtrat die Ausweisung eines neuen Gewerbegebietes beantragt und war damit auf keinerlei Widerstand gestoßen.

Jennifer kannte sowohl die Unterlagen als auch das neue Firmengelände direkt am Waldrand und konnte Wawcziceks Erregung bis zu einem gewissen Punkt nachvollziehen: Die Hallen verschandelten nicht nur die Landschaft, sondern sorgten durch die enorme Lärmbelästigung auch dafür, dass der angrenzende Wald als Naherholungsgebiet faktisch wertlos geworden war.

An diesem Punkt begann in Wawcziceks Augen die geistige Verwirrtheit eines Verschwörungstheoretikers im Endstadium aufzuflackern, während er die vierte Tasse schwarzen Kaffees hinunterstürzte. Dass Frau von Lewenepp Palms Ansinnen rundheraus abgeschmettert hätte, hielt Wawczicek für ebenso sicher wie das Amen in der Kirche, und gewiss hatte auch Palm vor seinem Antrag bereits vorgefühlt und war auf entschiedenen Widerstand gestoßen.

Daraufhin hatte der skrupellose Großkapitalist über seinen Sohn, Ferdinand Palm, der nicht nur ein Schulfreund der Sekretärin des Herrn von Lewenepp, sondern mit dieser darüber hinaus jahrelang liiert gewesen war, mit der jungen Dame einen hinterhältigen Plan ausgeheckt, infolgedessen diese sich von ihrem Brötchengeber hatte schwängern lassen, um so ein plausibles Motiv für den Selbstmord der betrogenen Gattin zu liefern. Als ebensolchen hätten Vater und Sohn Palm dann den Mord an der missliebigen Bürgermeisterin inszeniert. Erwartungsvoll sah Wawczicek Jennifer an.

Durch die rußgeschwärzten Fenster der Straßenbahn waren die Werkshallen der Palm AG kaum zu erkennen, aber Jennifer blickte ohnehin nicht hinaus, sondern starrte wie alle anderen Fahrgäste auf ihr Smartphone und lauschte dabei der Stimme ihrer Mutter. Wie viel Geld musste man einer Frau zahlen, damit diese das Kind eines Mannes zur Welt brachte, den sie lediglich zum Behufe eines zugegebenermaßen äußerst raffinierten Wirtschaftsverbrechens verführt hatte? Ein Interview mit der geheimnisvollen Exsekretärin würde Jennifers Bericht enorm aufwerten, auch wenn es wohl schwierig werden würde, eine Frau mit einem solchen Allerweltsgesicht und dem nichtssagenden Namen Sandra Schmitt aufzutreiben.

Wahrscheinlich hätte sich die Recherche als völlig hoffnungsloses Unterfangen erwiesen, wäre Frau Schmitt nicht auf die glorreiche Idee verfallen, in einer nahen Kleinstadt ein äußerst fragwürdiges Etablissement mit dem noch fragwürdigeren Namen *P's Alm* zu eröffnen. Und natürlich suchte sie weibliches Servicepersonal und natürlich offenbarte sie im Anschluss an das Bewerbungsgespräch das erwartbare Anlehnungsbedürfnis und den erwarteten Redebedarf, befördert durch mehrere Cocktails, deren Alkoholgehalt im Verlauf des Abends zunehmend den Gesetzen des exponentiellen Wachstums erlag.

Beim Vater ihres entzückenden Töchterchens handelte es sich jedenfalls nicht um den alten Lewenepp, sondern um den ehemaligen Schulkameraden, was dieser kurz vor der eigenen Verlobung mit einer noch nicht gänzlich verarmten Baronesse freilich nicht hatte wahrhaben wollen. Und so hatte Ferdinand bei dem verzweifelten Versuch, die Folgen seines Fehltritts zu bemänteln, alles nur noch schlimmer gemacht und ebenso unbeteiligte wie unschuldige Dritte mit in die schmutzige Angelegenheit hinein gezogen.

Zuhause schrieb Jennifer eine lange Email an den ebenso mutigen wie miefenden Wawczicek. Dann zog sie sich um, stieg wieder in die Straßenbahn, die sie in die Vorstadt beförderte, und schritt eine lange Allee entlang über schneeweißen, fein geharkten, knirschenden Kies. Am schmiedeeisernen Tor war in ein vergoldetes Schild mit kalligrafischen Schriftzügen ein kugelrunder Klingelknopf eingelassen, den Jennifer nun betätigte.

„Sie suchen ein Kindermädchen, Frau Palm-von Waldenfels?"

Ihre Mutter wäre stolz auf sie gewesen.

Heiko Ullrich wurde 1983 in Heidelberg geboren und arbeitet als Gymnasiallehrer und lebt mit seiner Familie in Bruchsal. Nach zahlreichen Veröffentlichungen zur germanistischen Literaturwissenschaft und -didaktik erschien 2018 der Roman „Septem Scalae", 2019 sein Kinderbuch „Die großen Abenteuer der kleinen Giraffe".

Der Duft von Orangenblüten

Elenas Herz war schwer.

Vom grauen Himmel prasselte der Regen mit einer Gleichmäßigkeit, als wolle er niemals wieder aufhören. In dem kleinen Café, das wie ein Schlauch in das Innere des alten Palastes ragte, roch es köstlich nach süßem Gebäck und Kaffee. Um Gemütlichkeit aufkommen zu lassen, war es allerdings zu kühl, denn die Feuchtigkeit kroch nicht nur durch die Glastür am Eingang herein, sondern hatte sich über die vergangenen, nasskalten Monate in den Wänden eingenistet.

Konnte sie hier leben?

Unzählige Familien aus Deutschland hatten es vorher getan und die Gespräche des letzten Tages hatten einen bunten Blumenstrauß an Eindrücken hinterlassen. Dem einen gefiel es besser, dem anderen weniger. Alle waren sich darin einig, dass in dem südlichen Land die ärztliche Versorgung zu wünschen übrig ließ und der Winter – eine Phase längerer Niederschläge – unwirtlich, bisweilen hart und deutlich anders war, als man sich das in Deutschland vorstellte. Aber das wird schon, hatte man ihr zum Abschluss mit einer nicht zu deutenden Miene gesagt.

Ihr Mann, ein unverbesserlicher Optimist, hatte ihr das Vorhaben anders verkauft: Immer schiene die Sonne von einem tiefblauen Himmel, es gäbe keinen richtigen Winter, dafür Wärme, Palmen. Die Kleinstadt war überschaubar, niedlich, allemal könnte man dort sehr stressfrei leben. Und das Land insgesamt – ja, das Land böte eine unüberschaubare Vielfalt an Kultur und Landschaften, wie man sie in Mitteleuropa gar nicht mehr kannte. Natürlich, ihr Mann liebte das Abenteuer, Herausforderungen. Jetzt hatte er diesen Job im Ausland angeboten bekommen, der seine Karriere enorm beflügeln könnte, er tat so, als wäre es garantiert.

Und die Kinder?

Sie gewöhnten sich am schnellsten an die neue Umgebung.

Und sie?

Sie hätte alle Freiheiten, Bequemlichkeiten und obendrein die Chance, ein neues Land zu erkunden. Abgesehen davon könnte sie eine neue Sprache quasi nebenbei lernen, viele Erfahrungen sammeln. Kurzum, er wischte all ihre Bedenken mit Lässigkeit beiseite, wie er es immer tat, wenn er sich für etwas begeisterte.

Zwei der Frauen, die Elena getroffen hatte, hatten ihr hinter vorgehaltener Hand erzählt, und sie war sofort bereit gewesen, es zu glauben, dass eine Ehe stark sein müsste, um dies alles – sie wiesen mit einer unbestimmten Geste auf ihre Umgebung –, aushalten zu können. Gewiss erwartete sie hier nicht das Paradies.

Elena verglich ihre Armbanduhr mit der großen Uhr an der Wand hinter dem Tresen. Die Uhr in dem Café ging nach. Hier ticken die Uhren langsamer, auch das war eine übereinstimmende Erkenntnis der Deutschen gewesen, die Zeit hinke in vielem hinterher.

In dem Café sollte es das beste Gebäck der Stadt geben, daher hatten sie sich hier verabredet. Die Süßigkeiten, ein Relikt aus der Maurenzeit, waren Spezialitäten des Landes, die man unbedingt probiert haben musste. Elena betrachtete den Inhalt der Vitrine: Küchlein aller Art, sehr viel Blätterteig, soweit sie es erkennen konnte, gelbcremige Füllungen (Eigelb und Mandeln waren meistens Bestandteile der Backkunst, hatte sie im Reiseführer gelesen), Hefegebäck – es sah durchaus verlockend aus.

Wenn es nur nicht so kühl gewesen wäre. Wie gut, dass sie – entgegen der Empfehlung ihres Mannes – ihren Wintermantel, den sie um diese Zeit in Deutschland trug, mitgenommen hatte. Hier trug man Mäntel draußen und drinnen. Die Menschen um sie herum – ebenfalls in Wintermänteln – nahmen nicht an den Tischen im Café Platz, sondern tranken ihren Kaffee im Stehen, plauderten dabei mit Bekannten oder der Frau mit dem Haarnetz hinter dem Tresen, die über ihrer dicken Fleecejacke eine weiße Schürze trug. Jeder schien jeden zu kennen. Man grüßte sich mit Namen, das konnte Elena heraushören, auch wenn das Stimmengewirr aus weichen Sch-Lauten um sie wie das brandende Meer rauschte.

Die Sprache zu lernen, würde gewiss nicht einfach sein.

Noch ein Punkt, der ihr Angst machte. Im Grunde genommen machte ihr alles Neue Angst, sie liebte Beständigkeit, den Rhythmus des Alltags.

Wie aus einem anderen Leben kroch die Erinnerung in ihr hoch, als sie als Teenager nicht weit, nicht lange genug von zu Hause hatte fort sein können. Wo waren ihr Elan, der Wagemut, die Freude, etwas Neues zu entdecken, geblieben? Begraben unter der Last des Alltags oder vergessen? Warum ließ sie sich so sehr von dem Negativen beirren?

Es gab zweifelsohne Vorteile.

Ein Mädchen, ein wenig älter als ihre eigene Tochter, betrat das Café, die Wangen vom Laufen erhitzt, die Haare zu einem Pferdeschwanz gebunden. Gleichzeitig bemerkte Elena, dass es aufgehört hatte zu regnen. Das Mädchen, das sich den Weg zu ihrem Tisch bahnte, strahlte jugendliche Energie aus, dachte sie, es muss die Tochter ihrer Verabredung sein. Das Mädchen stellte sich vor, entschuldigte ihre Mutter, die die Schwester noch zu einem Geburtstag bringen müsste, und erst später käme. Es überreichte ihr einen kleinen Strauß – drei hellgrüne, zartbelaubte Zweige mit winzigen weißen Blüten.

„Das sind Zweige vom Orangenbaum. Um diese Jahreszeit blühen die Bäume hier. Sie verströmen einen wunderbaren Duft."

Elena nickte und bedankte sich, nahm das liebliche Parfüm der Blüten wahr. Zugleich rührte sie diese Geste.

„Diesen Duft werden Sie niemals mehr im Leben vergessen. Wenn man in der Dämmerung durch einen Orangenhain fährt, ist die Luft davon erfüllt."

Wollte das Mädchen ihr Mut machen? Hatte es gehört, wie schwer sie sich mit der Entscheidung tat?

„Sie mögen doch bestimmt Blumen: Hier blühen sie hintereinander weg, ein Duft wird von dem nächsten abgelöst. Später im Jahr blühen die Mimosen, gleichzeitig Felder voller Kamille, Zistrosen, Rosmarin, Schopflavendel, Thymian."

Irgendetwas faszinierte sie an dem Mädchen, dachte sie, es sprach mit leuchtenden Augen und mit einer Begeisterung, dass es eine Freude war, ihm zuzuhören. So LEBENDIG. Und während Elena weiter den Ausführungen lauschte – jetzt schwärmte es von der Landschaft, die zu allen Jahreszeiten wunderschön war –, vergaß sie die Kälte. Das Mädchen sprach von weißen idyllischen Dörfern fernab der Moderne, luftigen Wäldern mit Korkeichen, deren Rinde alle neun Jahre geerntet wurde, Schafherden, schilderte ihr die

Landschaft im Sommer, wenn die Sonne alles goldbraun brannte. Vor Elenas geistigem Auge entrollten sich wunderschöne Bilder, die großartige Landschaften unter blauem Himmel zeigten. Ihre Finger schlossen sich fester um den kleinen Strauß in ihrer Hand.

„Was gefällt dir hier am meisten?"

Das Mädchen musste nicht lange überlegen: „Die Herzlichkeit der Menschen!"

Das hatte ihr zuvor niemand erzählt. Bemerkenswert, dass ein Kind es tat.

„Wann ziehen Sie um?"

Nicht *ob*, sondern *wann*. Elena blickte das Mädchen an, das sie mit aufmerksamen Augen musterte. Die Freude über das Erzählte stand ihm zusammen mit der bezaubernden Unbeschwertheit der Jugend ins Gesicht geschrieben.

Für einen kurzen Moment dachte Elena an das Grau und die Kälte in Deutschland, die mindestens noch zwei Monate anhalten würde, sie dachte an Staus, Lärm und das hektische Gewimmel einer Großstadt.

Plötzlich durchfloss sie eine seltsame Energie, als hätte sich etwas verändert, ein Gefühl der Leichtigkeit breitete sich in ihr aus. Elena blinzelte. Vor der Tür ergoss sich ein Sonnenstrahl über das nasse Kopfsteinpflaster und brachte es zum Glänzen. Was für ein Licht! Sie glaubte, die wärmende Sonne selbst hier drinnen zu spüren.

Natürlich konnte sie hier leben.

Warum nicht?

Bettina Schneider

Sich auch mal was trauen

Jeden Tag sitze ich in der Straßenbahn auf dem Weg zur Arbeit und starre dumm aus dem Fenster. Was soll man denn sonst machen? Menschen beobachten, finde ich unhöflich. Musikhören, schlafe ich ein. Etwas lesen oder schreiben, klar, dass jeder dann neugierig wird, nein, ich will keine Aufmerksamkeit.

Die Tür geht auf, wir haben erst halb acht, aber schon jetzt kommt warme Luft herein. Mit ihr auch schwitzende Menschen und manchmal kommt es mir vor, als wenn sie das Wort *Seife* oder Wasser überhaupt nicht kennen. Gerade kommt wieder so eine Person herein und setzt sich auch noch vor mich hin. Ich schließe meine Augen und warte, das die Ersten anfangen zu lästern, so was wie „Dicke stinken immer" oder „Kann sich die Dicke nicht mal waschen". Unruhig zappel ich schon mit meinem Bein. Anscheinend bleibe ich heute von so einer Attacke verschont. Erleichtert atme ich aus. Doch dann kommt es schlimmer. Ich werde angetippt.

„Hey."

„Was?", frage ich. Mein Gesicht brennt schon und ich habe ein ungutes Gefühl.

Der Mann streckt seine Hand aus. „Hier hast 'nen Fünfer, müsste reichen für Deo und Seife."

Ich schlucke meine Wut und Verzweiflung runter. „Danke, aber da reden Sie mit der Falschen", versuche ich, ruhig zu sagen, aber das Zittern höre selbst ich heraus. Ich stehe auf und steige aus. Zwei Stationen zu früh, aber ich musste daraus. Wissen solche Menschen eigentlich, wie verletzend das ist. Ja, wenn man mehr auf den Knochen hat, schwitzt man schneller, das heißt aber nicht, dass wir nicht duschen gehen. Oder das wir für alle unangenehmen Düfte verantwortlich sind. Können Schlanke nicht schwitzen oder kommt aus ihren Poren Rosenwasser heraus? Ich glaube nicht.

Zügig und immer wieder Tränen abwischend laufe ich zu meiner Arbeitsstelle. Zu meinem Glück besitze ich ein einzelnes Büro, in das sich nicht so oft Menschen verirren. Ich hole die Akten bei der Empfangsdame und laufe weiter in das kleine Zimmer. Erst dort erlaube ich mir, tief durchzuatmen und das Erlebte zu verdauen.

Doch es lässt mich nicht los, immer wieder huschen meine Gedanken zu dem Idioten, der mich ohne Grund so niedergemacht hat, dass ich mich nicht konzentrieren kann. Leider hat meine Mutter mir noch Anstand beigebracht, sonst hätte ich ihm was erzählt, versuche ich mir weiszumachen, aber ich weiß es besser: Solche Situationen werden immer verletzend sein und ich werde danach heulen, so wie ich es heute Morgen getan habe.

Eilig husche ich zum Mittag in die Kantine, hole mir beim Koch meinen Salat ab und sehe zu, so schnell wie möglich diesen Ort zu verlassen. Denn das ist wieder ein Minenfeld für stabile Menschen. Isst man ein Schnitzel mit Pommes, heißt es gleich: „Sieh dir die Dicke an, die kann sich nicht gesund ernähren." Nimmt man einen Salat, wird gleich gemunkelt: „Sie mag das gar nicht, sie tut nur so, um besser dazustehen." Dass der Salat wirklich schmeckt, mir zumindest, wird nicht beachtet.

„Mahlzeit", rufen sich die Kollegen zu.

Zügig schließe ich die Tür meines Büros und widme mich meinem Essen. Ich habe gerade die Hälfte verspeist, als die Tür aufgeht und der Chef dort steht. „Sie wissen doch, essen in den Büros ist nicht gestattet."

„Es ist doch nur ein Salat."

Er seufzt. „Ich werde das jetzt mal nicht kommentieren, wir haben einen Neuen und ich würde Sie bitten, ihn einzuarbeiten."

Ich schlucke schwer. Kann dieser Tag noch schlimmer kommen? Als ich den neuen Kollegen sehe, weiß ich, es kann noch schlimmer kommen. Mister Ich-verschenke-Geld steht im Türrahmen und ihm fällt wie mir die Kinnlade herunter.

„Nein, nein, nein das geht nicht", bringe ich vor und ja, ich klinge verzweifelt, aber das kann er mir nicht antun.

„Warum sollte das nicht gehen?", will mein Chef wissen.

„Ich kann nicht mit anderen arbeiten, Sie wissen doch ..."

„Das schaffen Sie schon, also auf gute Zusammenarbeit." Das Schloss knackt und mein Albtraum tritt mir entgegen.

„Salat also."

Ich schließe die Augen, unterdrücke den Schrei, der sich in meiner

Luftröhre anbahnt. „Sie entschuldigen mich", sage ich stattdessen und flüchte aus dem Raum und in die Klos. Aber da will ich nicht lange bleiben, Bürozicken sei Dank. Also nur kurz das Gesicht waschen und ganz tief durchatmen.

Als ich wieder in mein Büro komme, sitzt er auf meinen Stuhl und sieht mich belustigend an. Einfach zu viel für heute, mir platzt der Kragen. „So Sie ..." Mist, mir fällt nichts ein. „Was bilden Sie sich ein?"

Er steht auf und reicht mir die Hand. „Patrick Rauscher."

„Mir so was von schnurzpiepegal, Sie hören mir jetzt zu. Sie lassen ihre Bemerkungen stecken, je schneller wir Ihnen diesen Scheiß eingebläut haben, umso besser für meine Nerven."

Er nickt, mehr nicht – und das bringt mich noch weiter auf die Barrikaden. Hinausschmeißen kann ich ihn nicht, er wurde mir aufs Auge gedrückt und definitiv zerfetzen sie sich schon ihre Lästermäuler über mich. Ich greife zur Akte. Tue so, als würde ich einen Vortrag halten, und versuche ihn zu ignorieren. Immer wieder gerate ich ins Stocken, ich hasse Aufmerksamkeit – und seine will ich schon dreimal nicht. Leider habe ich sie gerade und das ist nervend. Zu sehr bin ich mir bewusst, dass er mich ansieht und das steigert meine Nervosität. Am Ende wende ich mich an ihn. „Verstanden?"

„Ich bin kein Erstklässler."

Ich runzel die Stirn.

„Okay, wir sind falsch gestartet und ich entschuldige mich für die Sache in der Straßenbahn."

Jetzt schnaube ich. „Sie haben keine Ahnung, was Ihre Aktion auslösen kann, haben Sie daran mal gedacht?"

„Ich ..."

„Nein, solche Menschen wie Sie können anscheinend nicht denken, denn sonst würden sie nicht Vorurteile über uns ausschütten." Ich fange an zu weinen. „Es ist verletzend und deprimierend. Auch normale Menschen schwitzen und riechen, es müssen nicht immer die Dicken sein. Ich verdiene Geld, also stecken Sie sich Ihren Schein sonst wo hin. Und verdammt noch mal, ich esse einen Salat, weil er mir schmeckt, und nicht, um euch zu gefallen."

„Sonst noch etwas?"

„Ja, ich bin ein Mensch und ich verbitte mir, mich abfällig anzusehen."

„Ich entschuldige mich", wiederholt er. „Aber nur für *mein* Verge-
hen, ich nehme nicht die Schuld auf mich für andere."
„Als wenn Sie heute Morgen besser waren."
„Das vielleicht nicht, aber ..."
„Was aber?"
Er zeigt hinter mich. Ich drehe mich um und sehe meine Kollegen.
Einige klatschen Beifall, andere blicken zu Boden.

Ich habe Mut gefasst und zu mir gestanden! Ändert das die
Menschheit? Nein, viele kämpfen täglich mit diesem Problem, aber
mir hat es geholfen. Und das ist das Einzige, was zählt.

*Luna Day wurde 1982 in Wertingen geboren und wuchs in Augsburg
auf, wo sie immer noch mit ihrem Mann und ihren zwei Kindern lebt.
Ihre Liebe zum Schreiben entdeckte sie durch Harry Potter und Roll-
Play-Games. Sie tippt Kindergeschichten, aber auch Fantasy- und
Liebesgeschichten. Fleißig arbeitet sie daran, ihren ersten Fantasy-
roman zu veröffentlichen.*

Am Ende

Es war einfach nichts mehr geradezubiegen.

Nichts mehr.

Wie man es auch drehte und wendete, wie man *alles* drehte und wendete, es blieb schlichtweg, wie es war, und ließ sich nicht mehr ändern. Vielleicht sollte ich es *zu spät* nennen. Es war zu spät. Zu spät, irgendetwas in den Griff zu bekommen. Wie sollte man etwas auch zurechtrücken, wenn es einem zwischen den Fingern entglitten war wie grobkörniger Sand? Es war unmöglich.

Und wenn dieser verdammte Sand das war, was ich einmal *mein Leben* genannt hatte, dann gab es auch rein gar nichts mehr, was es mir hätte zurückbringen können. Es war einfach vorbei, es war zu Ende, es war das, was andere das *Ende der Straße* schimpften.

Und nun stand ich hier – am wörtlichen Ende der Straße und starrte wie hypnotisiert gegen die beinahe einengende Wirkung der Frontscheibe meines ausgefahrenen Opels an, auf die von Sekunde zu Sekunde die Regentropfen stärker schlugen.

Welch unglaublich nervtötendes Geräusch! Furchtbar. Es sollte Menschen geben, die dieses permanente Getrommel mochten, es geradezu zum Einschlafen brauchten! Das entzog sich vollkommen meinem Verständnis. Vollkommen.

Während sich die Regentropfen auf der Scheibe immer mehr in riesige, dröhnende Platscher verwandelten, spürte ich, wie meine grimmige Miene sich fester in meine Gesichtszüge grub.

Es musste wohl so kommen. Es musste wohl.

Das eine hatte das andere doch einfach geradezu abgelöst.

Und am Ende war ich trotz meines erbitterten Kampfes in einem einzigen Scherbenhaufen zurückgeblieben, den mir niemand jemals mehr hätte zusammenfegen können. Alle, die mir hätten helfen können – fort. Und niemand scherte sich darum, wie es nun um mich stand.

Es war einfach vorbei.

Vorbei mit diesem Leben, das einst so vielversprechend angefangen hatte. Ich hatte Träume gehabt. Ich hatte mir Visionen aufgebaut. Ich hatte geglaubt, ihnen tatsächlich eines Tages gegenüberzustehen und ihnen ins Gesicht sehen zu können.

Ha! Wie naiv ich doch gewesen war. Wie naiv doch jeder Teenager einmal gewesen war.

Und nun? Nun saß ich hier, zwanzig Jahre raus aus den Teens und dort, wo mich maximal meine realistisch denkende Tante Sybille gesehen hatte. Meine Träume von damals? Längst begraben unter dem, was sie schon dort die Wahrheit genannt hatte.

Aber worüber beschwerte ich mich denn überhaupt? Worüber genau?

Es war so gekommen, wie es ein gewisser Herr über den Wolken vermutlich schon immer für mich geplant hatte. Immerhin, er hatte mir überhaupt ein Leben geschenkt, das ich nicht schon immer in der Gosse irgendeiner unteren Gesellschaftsschicht hatte verbringen müssen. Er hatte mir gestattet, meine glorreichen Jahre unter der Sonne auszuleben, die ich mir selbst hatte aussuchen können – was nun schlussendlich daraus geworden war, war ja mein Verdienst.

Nun saß ich hier, meine blassroten Nägel abgekaut, mein Auto eingestaubt mit dem Dreck der vergangenen Wochen und am Rückspiegel diese furchtbar dämliche ausgeblichene Stoffversion von Andy Warhol, die mir meine Schwester einmal gemeint hatte, schenken zu müssen. Grässlich. Eigentlich hätte ich sie schon längst fortschmeißen sollen. Sie war mir ohnehin schon immer wie eine Voodoo-Puppe vorgekommen, nur fehlte mir die entsprechende Person dazu.

Mann!

Heftiger schlug nun der Regen auf den gesamten Wagen ein, es trommelte und polterte über das gesamte Dach und die Motorhaube, als würde mit jedem Moment ein Schwall des Eiswassers auf mich hinunterstürzen und mich mitreißen.

Sollte es doch! Was hätte ich denn zu verlieren?

Alles, was ich zurücklassen würde, wäre ein einziges verzweifeltes Durcheinander an missglückten Versuchen, das wieder aufzubauen, was ich schon vor Jahren eingerissen hatte. Niemand würde um mich weinen, niemand würde mich vermissen. Nicht einmal mein halb verschrottetes Auto. Es würde eingestampft werden und jeder wäre froh, nicht noch eine dieser Schadstoff ausatmenden Kutschen in ihre Schranken weisen zu müssen, es …

Meine Gedanken wurden jäh unterbrochen, als die Wolken mit einem Mal aufrissen und das grelle Licht sogar die Regenwände auf meinen Autoscheiben durchdrang. Uahh! Irritiert wehrte ich die Blendung mit meinen Händen ab und wollte mich gerade auf die Suche nach meiner einarmigen Sonnenbrille machen, da wurde ich erstaunt von etwas zurückgehalten, das sich durch die Sonnenstrahlen und den Regen einen Weg an den blaugrauen Himmel suchte.

Mein Blick fiel schlagartig auf die alte Scheune, die hier – gegerbt von sämtlichen Regeneinfällen und Stürmen – immer noch das Ende der Straße markierte.

Tante Sybille hatte einmal erzählt, dass sie ein einziges Mal das Ende des Regenbogens in dieser Scheune gefunden hatte. Sie war damals vor dreißig Jahren nicht älter gewesen als ich heute. Was sie gefunden hatte – dieses Geheimnis hatte sie mit ins Grab genommen. Und mit einem Mal grub sich so etwas wie ein entschlossenes Grinsen in meine Wangen, als ich die Autotür aufstieß.

Mein Leben – es war nicht vorbei. Es hatte gerade erst begonnen. Denn wer bis zum Ende gegangen war, der hatte es auch verdient, den verdammten goldenen Topf zu finden. Und scheinbar war es dafür niemals zu spät.

Carola Marion Menzel wurde 1999 in Heidelberg geboren und absolvierte 2018 ihr Abitur. Sie begann früh, erste Geschichten und Gedichte zu verfassen, schrieb ebenso bereits zahlreiche Theaterstücke und Drehbücher, ehe sie sich 2012 an ihren ersten Thriller wagte. Im Rahmen von Anthologien und Sammelbänden veröffentlichte sie bereits viele Kurzgeschichten, Gedichte und Märchen. Mit ihren Geschichten konnte sie sich bereits bei Wettbewerben durchsetzen. Zwei Romane der Reihe „Girl on fire" sind inzwischen erschienen.

Die Zeit

... Ist.
... Nichts.
... Oder?

Die Zeit ist heute nicht mehr wert, als damals.
Damals war Zeit noch kostbar.

Heute ist die Zeit nichts mehr.
Wie der Straub, der keiner ist, so ist die Zeit.

.... so ist auch mein Leben, das ich lebe.

Oder?

Jürgen Heider wurde 1989 in Karaganda (Kasachstan) geboren und lebt heute mit seiner Familie in Freiburg im Breisgau. Da er von Geburt an eine Körperbehinderung hat, besuchte er die Staatliche Esther-Weber-Schule in Emmendingen-Wasser für körperbehinderte Kinder und Jugendliche, die er 2009 abschloss. Seitdem arbeitet er in der Werkstatt für Behinderte in Freiburg. Das Schreiben entdeckte Jürgen Heider mit 15 Jahren für sich. 2006 begann er, Gedichte und Gebete zu schreiben und nahm an einem FiFa-Schreibwettbewerb in München teil. Außerdem schreibt er für den Evangelischen Gemeindebrief der Matthäuskirche Freiburg und für die Caritas-Zeitschrift „Der Einblick". Seit mehreren Jahren veröffentlicht er Gedichte in den Anthologien des Papierfresserchens MTM-Verlags und hat bereits zwei Bücher „Worte zum Abschied" sowie „Zeitlos" herausgegeben.

Leon und Max

Es gibt keine böse Welt. Nein. Es gibt aber leider Menschen, die Böses im Schilde führen und andere Menschen auf gemeine Weise ausnutzen. Insbesondere dann, wenn es sich um Schwächere handelt. Doch solange es auch die Mutigen gibt, wie zum Beispiel Leon und Max und noch viele andere, bleibt die Welt ein spannender, wunderbarer Abenteuer- und Ausprobierplatz.

Leon und Max waren seit der Schulzeit Nachbarskinder und Blutsbrüder. Bei Leon hatte der Schnitt mit dem scharfen Taschenmesser – beim großen Akt der Blutsbrüderschaft – gleich so heftig geblutet, dass er anschließend beim Arzt genäht werden musste. Das passierte an seinem 11. Geburtstag und dabei hatte Max ihm genau erklärt, wie das gemacht wird mit der richtigen Blutsbrüderschaft: Beide schnitten sich innen ins Handgelenk und rieben die blutenden Stellen aneinander, damit einer vom anderen das Blut bekam. Eigentlich eine einfache Sache, doch brachte es die Feier an diesem Tag zu einem vorzeitigen Ende. Das echte Schweizer Taschenmesser von Max, für Leon zum Geburtstag, blieb trotzdem sein Geschenk Nummer 1. Neben dem Fahrrad von seinem Vater natürlich.

Leons Vater hatte als Alleinerziehender keine Langeweile mit seinem Sohn und oft begleitete Max die beiden bei Ausflügen. Die Jungen genossen ihre Freundschaft und die gemeinsamen Erlebnisse auf dem Fußballplatz, im Wald und bei den Pfadfindern. Die gute Tat gehörte ohnehin zu ihrer Lebensphilosophie und so nahmen sie selbstverständlich voller Begeisterung an allen geplanten Aktionen und Zeltlagern teil.

Im Herbst drei Jahre später erfuhren die Freunde von zwei älteren Damen, dass diese sich im Anbruch der Dunkelheit nicht mehr nach draußen trauten. Selbst wenn sie noch etwas dringend aus dem Laden zwei Straßen weiter benötigten. Spontan boten die Freunde ihre Hilfe an und waren schon einige Male im Auftrag der Damen zum Geschäft gelaufen, um die Besorgungen für sie zu erledigen.

Es stimmte leider wirklich. Mehrfach waren hilflose Senioren bereits von Unbekannten beraubt oder sogar niedergeschlagen worden, wenn sie sich abends zum Einkaufen auf den Weg machten. Drei unbekannte Täter wurden zwar angezeigt, doch nicht gefasst, und so wuchs die Furcht vor ihnen im Wohnviertel der Freunde.

Eines Tages stieß Max Leon heftig mit dem Ellenbogen in die Seite. „Hey, Leon, diese Angst der Senioren können wir nicht auf Dauer zulassen. Die alte Frau Wagenknecht spendet jedes Jahr für unser Freizeitlager und Frau Hufschmied spendiert uns für die nächsten Aktionen *Wache halten für den Frieden* die Decken und das Feuerholz. Aber egal! Auch wenn sie uns nicht unterstützen würden. Wir dürfen nicht wegsehen, wenn die älteren Herrschaften Angst haben müssen beim abendlichen Einkauf."

Leon nickte. „Ja. Du hast recht. Es ist für alle gut, dass man sich im Laden trifft und quatscht und wir dort manchmal wichtige Tipps erhalten. Weißt du noch, Max? Herr Walter hat mir gezeigt, wie ich das Fahrrad repariert bekomme. Frau Wagenknecht meinte, er sei auch überfallen worden und habe noch Glück im Unglück gehabt, weil er zwar von drei Unbekannten angegriffen worden war, doch nur seine Zeitung und eine Brille und ein fast leeres Portemonnaie in der Aktentasche bei sich trug. Die schmissen die Täter sofort sauer in den Papierkorb und beschimpften ihn übel. Die Fußballgruppe kam Gott sei Dank in dem Augenblick zu seiner Rettung vom Training die Straße entlang, da sind die Diebe abgehauen."

Leon strahlte Max überraschend an. „Hey, ich habe da eine Idee."

Am nächsten Samstag um 18 Uhr warf die Straßenlampe im Nebel ein milchiges Licht. Irgendwo aus der Ferne rief ein Käuzchen. Eine alte, hagere Frau in einem teuren Mantel ging mühsam gebeugt mit langsamen Schritten die menschenleere Straße entlang in Richtung des Ladens. Sie trug einen feinen, breiten Hut und ihr Kopf wackelte ein wenig. Sie stützte sich mit einer Hand auf einen Krückstock und trug in der anderen eine unförmige Einkaufstasche.

Da stürmten drei kräftige, dunkel gekleidete Personen blitzschnell aus einer Hofeinfahrt hervor. Sie bauten sich bedrohlich nahe vor der erschreckten Seniorin auf und forderten mit barscher Stimme die Herausgabe ihrer Tasche und ihres Schmuckes, den sie trug — einschließlich der Uhr an ihrem schmalen Handgelenk.

Die Seniorin brüllte, so laut sie konnte, mit erstaunlich tiefer Stimmlage und zog dann ihren Mantel aus. Sie zielte mit dem Mantel auf einen der Täter und den anderen attackierte sie kraftvoll und sehr geschickt mit ihrer Krücke. Der dritte Täter riss ihr jedoch den Hut vom Kopf und erkannte, dass er statt einer Seniorin einen wütenden Teenager vor sich hatte.

Als er ihn verprügeln wollte, hörte er plötzlich jemanden „Max, Vorsicht" rufen. Da hing auch schon Leon, wild aus dem Gebüsch hervorgeschossen, an seinem Hals, um Max zu helfen, und drückte dem Bösewicht die Luft ab. Max schlug indessen weiter mit der Krücke um sich, während plötzlich die Diebe von den Pfadfinderfreunden, wie verabredet, mit Drohrufen umzingelt wurden. Auch die Fußballmannschaft eilte auf der Straße schreiend herbei und so jagten sie die Räuber entsetzt in großen Sprüngen davon.

Seither ist kein Überfall mehr in diesem Stadtteil bekannt geworden. Leon zog Max noch Jahre später mit seiner gelungenen Verkleidung auf und titulierte ihn als die sportlichste und wehrhafteste Seniorin, die er jemals vor Augen hatte.

Regina Berger, *1961 in Hagen/Westfalen, lebt im grünen Wuppertal. Veröffentlichungen von Lyrik und Prosa in über 50 Anthologien. Motto: Immer dem Wunder auf der Spur. 2019 erste Buchveröffentlichung im Herzsprung-Verlag „Elvis auf der Himmelsleiter".*

Mut zur Liebe

Der alljährliche Termin bei ihrer Frauenärztin macht Lydia nervös und ängstlich. Und diesmal bestätigt die einfühlsame Medizinerin die Brustkrebsdiagnose ihrer Patientin.

Wortlos und völlig geistesabwesend verlässt diese die Praxis. In den nächsten Stunden nimmt Lydia ihre Umgebung nicht wahr. Sie befindet sich in einem seelischen Vakuum – einem eiskalten NICHTS – ohne Halt, Licht und menschlicher Wärme.

Als Lydia aus diesem Zustand erwacht, liegt sie frierend auf ihrem Bett. Sie hat keine Ahnung, was in den letzten Stunden geschehen ist. Ihr Verstand, ihr Körper, ihre Seele befinden sich in einer schrecklichen Verfassung. Lydia kann nur daran denken, dass sie jetzt ebenfalls dieses unsympathische Individuum namens Krebs in sich trägt!

Sie hat Brustkrebs, genau wie ihre Mum. Nichts hat damals geholfen! Der Mistkerl hat sie ihr einfach für immer genommen! Dabei hätte der Teenager seine Mum so dringend gebraucht. Lydia fehlte es seitdem an Geborgenheit. Niemand schaffte es, das Gefühl der Verlassenheit in ihr zu vertreiben. Auch Tom, ihr langjähriger Freund, war machtlos.

Seit wenigen Wochen gelang es ihr endlich, ein wenig Lebensfreude zu empfinden, was für ein herrliches Gefühl. Sie hatte sich von ihrer langjährigen Jugendliebe getrennt. Mutig und voller Neugierde versuchte sie, ein neues Leben zu beginnen.

Und nun wohnte der verhasste Feind in ihr, um sie ebenfalls zu holen. Was will er von ihr? Was für eine dumme Frage, er will ihr Leben! Und er wird gewinnen, daran zweifelt sie nicht! Die junge Frau ist zwangsverheiratet mit einem todbringenden Monster. Dafür braucht es keine weiteren Untersuchungen.

Lydia weiß, was sie erwartet. Die Bilder der sterbenden Mutter tauchen vor ihrem inneren Auge auf! Sie spürt den Schmerz, die Trauer, die Verzweiflung!

Sie denkt voller Angst: „Ich will nicht sterben!"

Lydia überlegt: „Eigentlich will ich doch leben und nur ein wenig Spaß haben." Die junge Frau steht auf, duscht eine gefühlte Ewigkeit. Im Anschluss kocht sie sich eine Tasse Tee, versucht erneut, einen klaren Gedanken zu fassen. Wie gerne würde sie mit jemandem reden, doch es gibt niemanden. Außer ihrer Mum hat sie niemandem je bedingungslos vertraut. Wie auch? Ihr Erzeuger hat die Familie vor Jahren verlassen.

Lydia erkennt, dass sie trotz oder gerade wegen ihrer Vergangenheit an ihrem Leben hängt. Mit dem Gefühl der inneren Zerrissenheit, gepaart mit Angst und Verzweiflung, fasst Lydia einen Entschluss: Sie wird diese Bestie von Krebs ignorieren, als gebe es sie nicht. Keine Arztbesuche, keine Therapie! Solange ihre Lebensuhr funktionierte, würde sie ihr Leben genießen. Entschlossen sucht sie nach einer Möglichkeit, wie sie mit dem Dreckskerl Brustkrebs weiter verfahren kann. Plötzlich lacht sie laut auf, die Lösung ist ja so einfach: Wann immer der mörderische Kerl versucht, sie einzuschüchtern, wird sie sich etwas Schönes gönnen.

Und wer hätte das gedacht? Bereits am nächsten Vormittag ist sie ihrem angetrauten Fiesling das erste Mal aufrichtig dankbar. Seit wenigen Minuten verfügt Lydia über einen adretten Haarschnitt, sie gefällt sich fast schon selbst. Beim nächsten Mal ist ein Termin bei der Stilberatung angesagt. Es muss doch noch etwas anderes geben als diese trostlose Kleidung an ihrem unförmigen Körper.

Trotz oder gerade wegen der Zwangsheirat fühlt sie sich auf einmal richtig wohl. Es gefällt ihr, was sie im Spiegel sieht. Auf dem Wohnzimmertisch liegen ein Zettel und ein Stift, um ihre persönliche Löffelliste zu erstellen. In kürzester Zeit steht schon einiges drauf. Lydia nimmt sich das Versprechen ab, die Liste schnellstmöglich abzuarbeiten. Da wären zum Beispiel: mit einer Frau schlafen – keine Ahnung, wie das geht, mit Delfinen schwimmen – die Tiere faszinieren sie.

Bereits am Abend lauert der Lump ihr erneut auf. Um ihm zu entfliehen, beschließt sie, in eine Pizzeria zugehen. Ohne einen Blick in die Speisekarte zu werfen, bestellt Lydia eine Pizza zusammen mit einem Glas Wein. Die Eingangstür öffnet sich, ein gut aussehender, sympathisch wirkender Mann betritt den Raum und schaut sich nach einem Sitzplatz um.

Lydia erstarrt, er will sich doch nicht etwa zu ihr setzen? Kurz muss sie innerlich schmunzeln, die Szene könnte aus einem Kinofilm stammen.

„Entschuldigen Sie, darf ich mich zu Ihnen setzen? Mein Tag war bisher die reinste Katastrophe und ich würde den Abend gerne mit einer sympathischen Person verbringen?", spricht er zögerlich sein Gegenüber an.

Es entsteht ein Moment der Stille, bevor die beiden sich anschauen und zu lachen beginnen und gemeinsam einen wunderbaren Abend verbringen.

Zwischen dem jungen Mann Mario und Lydia ist es so, als würde man sich schon ewig kennen. Sie verstehen sich auf Anhieb, es ist alles so herrlich unkompliziert. Ab und an zwickt sich Lydia, damit sie sich sicher ist, wirklich nicht zu träumen.

Kurz vor Mitternacht bringt Mario, ganz der Gentleman, Lydia nach Hause. Überglücklich kuschelt sich Lydia unter ihre Bettdecke. Spürt sie etwa Schmetterlinge im Bauch? Mit diesem Gedanken versinkt sie in einem wunderschönen Traum. An ihren neuen Partner, dem todbringenden ETWAS, denkt sie kein einziges Mal.

Am nächsten Morgen erwacht Lydia und streckt sich genüsslich in ihrem Bett. Ach, was für ein herrlicher Traum. Es braucht einen Moment, bis sie realisiert, es war kein Traum. Mario existiert wirklich. Ist es nicht verrückt, innerhalb von zwei Tagen lernt sie zwei Männer kennen. Einen Mistkerl namens Krebs und einen Traummann namens Mario.

Die Liebe zu Mario hat keine Chance – schließlich würde sie bald sterben! Die düsteren Gedanken werden vom Handyklingeln unterbrochen – Mario versucht, sie zu erreichen. Tränen der Verzweiflung laufen Lydia übers Gesicht. Sie stellt ihr Handy auf lautlos, sie kann unmöglich mit Mario sprechen. Zorn steigt in ihr auf und sie flucht: „Du nichtsnutziger Bastard, was tust du mir an? Ich darf Mario nicht wiedersehen!" Lydia muss raus aus der Wohnung!

Es ist schon dunkel, als sie verfroren versucht, mit zittrigen Händen den Schlüssel ins Wohnungstürschloss zu stecken. Erschrocken fährt sie zusammen, erwacht aus ihrer Starre, als sie Mario erblickt. Der völlig verstörte Anblick schockiert den jungen Mann. Sorgenvoll schaut er in die Augen einer am Boden zerstörten Frau.

„Lydia, was ist los?" Mario erhält keine Reaktion, aus dem Impuls heraus nimmt er sie in seine Arme und öffnet die Wohnungstür.

Nach langem Zögern bricht alles aus ihr raus.

Mario hört zu und erwidert. „Lydia, ich möchte mit dir zusammen sein! Und ich spüre, dass es dir genauso geht. Und das lasse ich mir nicht von irgendeiner Krankheit nehmen. Egal, ob es Tage, Wochen, Monate oder Jahre sind – ich bin für jeden Moment mit dir dankbar. Solange wir leben, sollten wir dies auch aktiv tun! Ich stehe dir bei, egal wie ernst es dieses Scheusal meint. Ich weiß, wovon ich spreche, denn vor einiger Zeit habe ich meine Schwester Anna durch den Mistkerl verloren. Ich möchte keinen einzigen erlebten Moment missen, selbst die schmerzhaften und traurigen nicht. Lass uns LEBEN und uns gegenseitig unterstützen und begleiten.“

Wie versprochen ist Mario an der Seite seiner Freundin. Das Paar lebt in keinem Paradies, stellt sich gemeinsam jeder Herausforderung und das macht die beiden so unsagbar stark. Marios Liebe lässt Lydia aufblühen und zu einem lebensfrohen Menschen werden. Vor Lebensenergie und Kampfgeist sprühend ist sie fest entschlossen, die Zwangsheirat mit dem Brustkrebs zu lösen.

Die Scheidungspapiere hat sie schon bei ihrer Ärztin eingereicht. Sie möchte LEBEN!

Susanne Horn schreibt mit Leidenschaft. Trotz oder gerade wegen ihres Handicaps, der Lese-Rechtschreibschwäche, liebt sie das Schreiben. Seit sie diese Faszination lebt, wurden sechs Kurzgeschichten in verschiedenen Anthologien veröffentlicht. Mehr über ihre Texte und ihr soziales Engagement „Autoren lesen für einen guten Zweck“ findet man auf ihrer Homepage www.susannehorn.jimdo.com.

Regie im eigenen Leben führen

Persönlichkeitsentwicklung im Einklang mit Körper, Seele, Geist

Verinnerlichte Ge- und Verbote *überlebenswichtiger* Bezugspersonen, vornehmlich aus frühen Kindertagen, lösten in ihr allzu oft Bewertungsgefühle aus, die sich gegen die eigene Person richteten. Obendrein setzte der innere Kritiker ihr mit negativen Einflüsterungen, die ihr Selbstwertgefühl unterminierten, heftig zu.

Zum Glück macht sie diesem Quälgeist mittlerweile seine Vormachtstellung streitig, indem sie sich über dessen Einschärfungen hinwegsetzt oder diese mit wachem Verstand im Hinblick auf deren Angemessenheit hinterfragt.

Sie übt sich darin, unnötige beziehungsweise unproduktive Gedanken als solche zu erkennen und abzuschalten, vernünftige dagegen in heilsames Tun umzusetzen. Dazu gehört auch, aktuelle Wahrnehmungen auf sich wirken zu lassen, ohne sie (vorschnell) zu beurteilen. Ansonsten würde sie Gefahr laufen, (erneut) in die Bewertungsfalle zu stolpern.

Sie weiß, dass ihr Verstand die Welt gefiltert wahrnimmt, und zwar durch die von Glaubenssystemen durchdrungenen Konzepte. Ihr Körper dagegen reagiert auf innere und äußere Einflüsse konzeptunabhängig und somit jenseits der Logik, die den Verstand überbetont. Selbstauseinandersetzung mit allen Sinnen ist ein Teil der Lösung. Intellektualisieren dagegen zementiert unerwünschte Zustände!

Der Körper sendet Botschaften der Liebe, auch wenn diese häufig missverstanden werden, vor allem, wenn sie mit unguten Gefühlen, Beschwerden, Schmerzen einhergehen. *Schlechte* Gefühle, die auf vernachlässigte Bedürfnisse hinweisen, würgt sie daher nicht mehr ab. Körperbotschaften bringen sie in Kontakt mit der Intelligenz ihres Herzens, ebnen den Weg zu einem tieferen Verständnis des

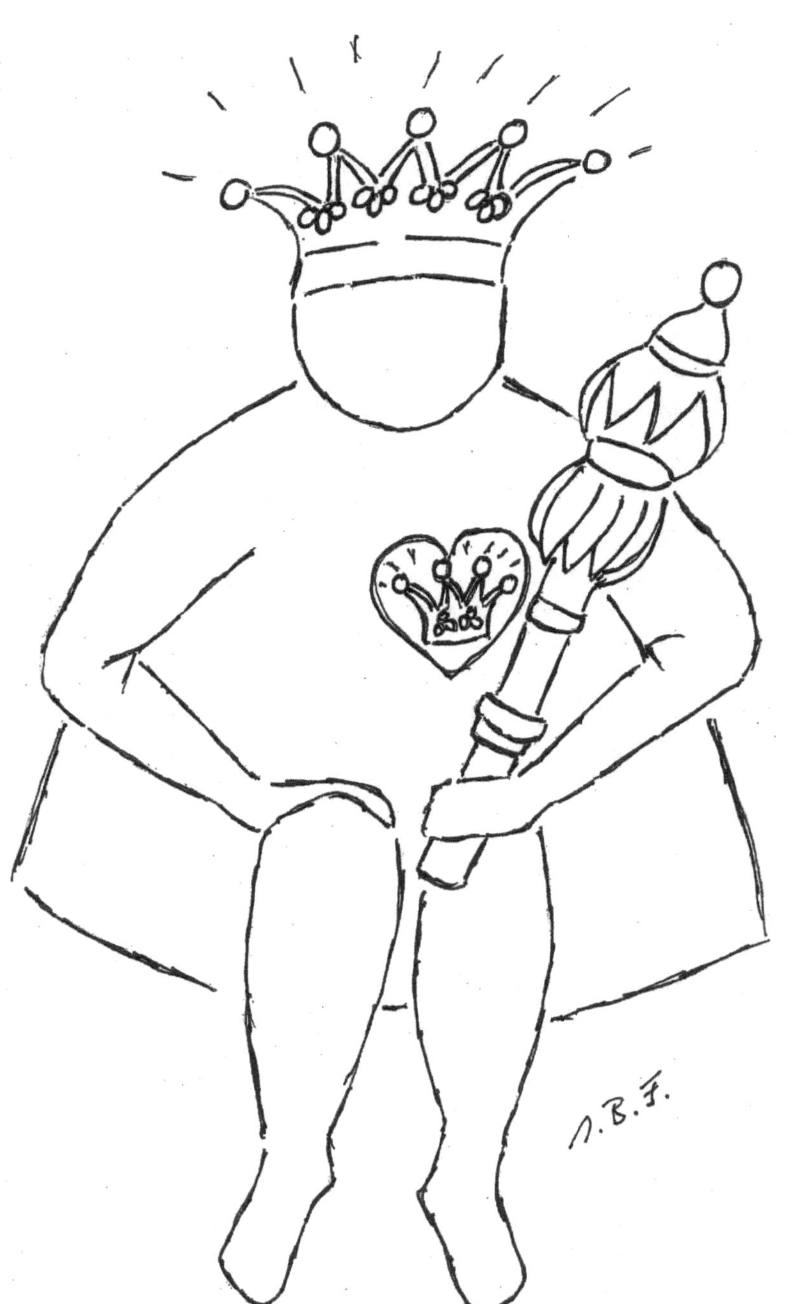

eigenen Verhaltens und tragen zu einer adäquateren Lebensbewäl-
tigung bei.

Gefühlsmäßig *bewohnt* sie ihren Körper bestmöglich, um ein Ge-
spür für die aktuellen, lebendigen Wahrnehmungen zu entwickeln,
die sich im Zusammenspiel von Körper, Seele, Geist ergeben. Im
Wissen um die tiefere Weisheit solcher Botschaften erspürt sie
Stress mit allen Empfindungen und erlaubt somit dem Körper, sich
zu melden. Die gefühlte Veränderung ist ausschlaggebend, denn
sie ist die Kraft, die Erstarrtes aufzulockern vermag. Brechen Selbst-
blockaden auf, kehrt im Strom des Erlebens mit den befreiten Gefühlen die Daseinsfreude zurück und Selbstheilungskräfte werden
angeregt. Mit der Zeit gelingt es ihr, in sich selbst ein *Wohlfühlrefu-
gium* zu erschaffen, dessen vitalisierende Energie bereits heilsame
Wirkungen zeitigt.

Masken der Angst und Scham legt sie nach und nach ab, um den
Facetten ihrer Persönlichkeit mehr Ausdruckskraft zu verschaffen. In
der Auseinandersetzung mit den eigenen Schattenseiten leuchtet
das Licht der Selbsterkenntnis auf. Sie ist darauf bedacht, nicht in
alte Muster zurückzufallen. Das Neue, das sich in ihr zeigt, entwi-
ckelt sie mutig weiter. Selbstbestimmt löst sie sich aus seelischen
Verstrickungen und nutzt Ressourcen, die bisher aus ihrem Blickfeld
geraten waren.

Mit ihrem einstigen Tunnelblick erschien die Welt um sie herum
schwarz oder weiß und Schatten der Trübsal legten sich auf ihre
Seele. Das authentische Gefühlsleben, das sie sich jetzt *erlaubt*, hat
den Grauschleier von ihrer Seele gezogen, festgezurrte Grenzen ge-
sprengt und ihr zu innerer Weite verholfen. Mit ihrem Körper, dem
Tempel ihrer Seele, ist sie eine liebevolle, wertschätzende Beziehung
eingegangen. Aus dem Hoheitsgebiet ihrer Seele wurde der innere
Kritiker von ihr weitgehend verbannt. Die unangefochtene Regentin
ist jetzt sie und das Zepter wird sie nicht mehr aus der Hand geben.

*__Ingrid Baumgart-Fütterer__ aus Östringen. Sie war über 30 Jahre lang
Lehrerin für Pflegeberufe. Seit Oktober 2014 ist sie im Ruhestand.*

Eine Melodie aus zauberhaften Klängen

Der Mut, eine Melodie aus zauberhaften Klängen,
er spornt an,
hilft in schweren Zeiten,
Zeiten, die beflügeln.
Der Mut ist kostbar,
kostbar wie ein goldener Schatz,
der dich von ganzem Herzen zu verstehen mag.
Der Mut braucht keine Angst,
keine Angst braucht der Mut, darum geht es dir gut.
Der Mut liegt in deinen Händen,
er ist da,
drum schick ihn nicht fort,
egal, was auch kommen mag.
Er kann durchaus hartnäckig sein,
lass dich drauf ein, dann lässt er es sein.
Der Mut, dein Begleiter, stets dein bester Freund auf Erden sein.
Er ein farbenprächtiger Vogel, den du liebst bis in die Ewigkeit.
Der Mut sich stets zu erkennen gibt,
drum wirst du sehen, dass es ihn wirklich gibt.
Der Mut lacht dir ins Gesicht, lache zurück,
das wird ein großer Hit.
Er, der Helfer in der Not, mach dich bereit, es ist grandios.
Der Mut nicht im Verborgenen bleiben darf,
er aus vollem Halse Ja zu deinem einzigartigen Leben sagt.

Kristina Plenter, Jg. 1981, lebt im Westmünsterland in Gronau. Schreibt leidenschaftliche Kurzgeschichten und Gedichte. Ihre Hobbys sind das Lesen und Malen. Nimmt gerne an Anthologien teil.

Mutbringerin in der Not

Sarah saß an diesem Morgen auf ihrem Lieblingsstuhl, der sich in der Wohnstube befand. Ihre Gedanken schweiften in die immer wiederkehrenden gleichen Richtungen, was sie aufhorchen ließ. Vor ihr auf dem Tisch lag die tägliche Tageszeitung, die sie interessiert studierte. Ihre Lieblingsseite war der Teil mit den Todesanzeigen, die so vielfältig ihr entgegenflimmerten. Ihr Mitgefühl schien keine Grenzen zu kennen, Tränen kullerten über ihre Wangen, die sie nur beschwerlich aufhalten konnte.

Eine Eigenschaft, die es in sich hatte, und keinesfalls dachte sie daran, damit aufzuhören. Ihren bösartigen Gedankenspiralen mit dem Tod konnte sie nicht entfliehen. Diese Gedanken waren der Teufel höchstpersönlich, der allen Grund hatte, Sarah hemmungslos auszulachen. Das Entkommen war in weite Ferne gerückt, eine Erkenntnis, die in diesem Leben bestimmt nicht mehr zu korrigieren war, wenn Depression Dunkelwalze endgültig die Macht über sie beherrschte. Sie hasste ihr vernarbtes Spiegelbild, Narben, die an den schrecklichen Autounfall vor vielen Jahren erinnerten.

Sie schaute traurig zum Fenster hinaus, das ihr die Gartenansicht zeigte und ein herrliches Panorama der bunten Vielfalt bot. Ein herrliches Wetter umschloss ihre kranke Seele. Ein blauer Himmel, der mit den Sonnenstrahlen um die Wette lachte, sodass er ihr ein kleines Lächeln entlocken konnte. Die Äste der Bäume flatterten so stark, dass der Wind keine Mühe scheute, ihnen einen Streich zu spielen.

Sarah seufzte schwer, es konnte nicht so weitergehen, aber wer half ihr aus dieser Misere wieder heraus, wenn keiner über ihre negativen Gedanken wissen durfte? In diesem Moment – ein lautes Geräusch, das Sarah zusammenzucken ließ, ihr Herz raste, es schlug so schnell, dass es einen Marathon der Superlative würde gewinnen können. Nervös schaute sie sich um und sah aus der Ferne eine leuchtende Gestalt auf sich zukommen.

Der ganze Raum erstrahlte in goldenem Diamantenstaub, der sich von seiner allerbesten Seite zeigte. Schweißperlchen standen Sarah auf der Stirn, ihre Bewegungen in Schockstarre, ihre Beine taub, was ihr den letzten Rest gab.

Was geschah mit ihr? Sie musste in einem Film sein, in dem sie die Hauptrolle spielte. Ihr Mund offen, kein Wort mehr kam aus ihr heraus, sodass sich noch mehr Angst in ihrem Körper ausbreitete. Alle Körperteile fingen derbe an zu zucken, dass man nichts mehr unter Kontrolle behalten konnte. Ein Traum, der sie in eine andere Welt katapultierte. Immer näher kam es, ein Wohlgefühl, das Sarah erst jetzt beruhigte, und ihr wieder leichter ums Herz wurde.

Die geheimnisvolle Gestalt näherte sich Schritt für Schritt, bis Sarah ihre ganze Wärme auf der Haut spürte. Im gleichen Atemzug vernahm sie einen sonderbaren Geruch. Ein Geruch, der sie zu Gelassenheit aufforderte und sie in dem Glauben ließ, nicht alleine zu sein.

Als sie sich ruckartig umdrehte, stand eine wunderschöne junge Dame vor ihr. Sie trug ein atemberaubendes goldenes Kleid, ihre langen seidigen blonden Haare flatterten wie ein Wirbelwind mit dem Sturm um die Wette. Plötzlich fing die unbekannte Schöne mit klarer Stimme zu sprechen an, was Sarah erschrocken in die Hocke zwang.

„Guten Morgen, meine Schöne, ich heiße Glücksschimmer, bin deine Mutbringerin in der Not, um deinen negativen Gedanken endlich einen Tritt in den Hintern zu verpassen. Ich sehe, dass es dir momentan schlechter als jemals zuvor geht, du darfst niemals vergessen, dass auch Sonnentage dein Leben bereichern. Es wird Zeit, dich auf etwas Wunderbares vorzubereiten, das dich in allen Belangen glücklich stimmen wird."

Sarah rieb sich ihre Augen, ein Reflex, wenn ihr etwas unheimlich vorkam. Mit trockenen Lippen starrte sie Glücksschimmer an und konnte nicht glauben, was mit ihr passierte. Sie musste in einem Traum sein, einem, der es nicht gut mit ihr meinte. Ängstlich fing sie leise zu sprechen an: „Wie kommt man auf die Idee, zu behaupten, dass man meine Mutbringerin in der Not ist?"

Die zauberhafte Lady fing an zu schmunzeln und gab der jungen Frau eine passende Antwort: „Ganz einfach, Schönheit. Seit Jahren versuche ich, Depression Dunkelwalze aus dem Weg zu räumen, aber es gelingt mir nicht alleine, deshalb bin ich hier. Zu zweit ist man weniger allein, und mit Frauenpower werden wir Depression Dunkelwalze die Meinung blasen. Was hältst du davon?"

Sarahs Blick schweifte zum Boden hin, ihr war unbehaglich. Trotzdem konnte sie sich nicht erklären, warum ihr wieder einmal warm ums Herz wurde. Eigentlich sollte sie Angst haben, aber diese betörende Frau gab ihr das Gefühl der Geborgenheit, was sie auf eine Art ruhiger stimmte. Sie schuldete ihr eine Antwort und fing mit ruhiger Stimmlage zu sprechen an: „Frauenpower hört sich verdammt gut an, wie ist das generell genau gemeint, wenn ich plump fragen darf?"

Glücksschimmer sah Sarah verschmitzt an und gab ihr eine aussagekräftige Rückantwort: „Wir werden an deinem Selbstbewusstsein feilen, um Depression Dunkelwalze den Kampf anzusagen, meine Liebe. Ein harter Weg wird vor uns liegen, aber wo ein Wille ist, ist auch ein Weg. Und genau den werden wir aus dir herauskitzeln. Da bin ich fest überzeugt von. Fest glauben musst du an dich, dein neues anderes Aussehen akzeptieren, es wird dir jede Türe offen stehen. Es muss dir egal sein, was andere über dich denken. Du musst mutig genug sein, alle Hürden deines Lebens zu überwinden. Lies diese Zeilen, sie werden dir Trost spenden."

Glücksmomente liegen im Verborgenen, sie wollen von dir entdeckt werden. Kleine Momente, die dir das Lebens erfreuen, ohne Forderungen an dich zu stellen. Das Glück wird da sein, wenn du es siehst, es wird da sein, wenn du es brauchst, für jetzt und alle Zeit. Glücksmomente liegen dir Tag für Tag zu Füssen, greife danach Stück für Stück, sie geben Geborgenheit, lassen dich niemals im Stich, sie werden dir stets Hilfe leisten, wenn du glaubst, am Abgrund deines Lebens zu stehen. Sie sind da, wenn du nicht mehr daran glaubst, fühle sie, dann kann dir nichts passieren. Glücksmomente werden Begleiter, nicht Gegner sein, lasse dich fallen in ihnen, sie werden dich niemals enttäuschen. Diese Momente gehören zum Leben dazu, schließe sie in dein Herzen ein, dann wirst du positiver vom Leben begrüßt, und siehst, dass alles einen Sinn macht.

„Wir beide werden es zu zusammen schaffen, fangen wir gleich damit an. Gehe mit einem lächelnden Gesicht in die Welt hinaus und verschwende keine Sekunde deines Lebens mehr, du wirst sehen, was passieren wird."

Sarah stockte der Atem für einen kurzen Moment, sie wusste, dass Glücksschimmer die Wahrheit ausgesprochen hatte. Depression Dunkelwalze konnte sich warm anziehen, nicht nur heute, das wurde ihr in diesem einzigartigen Moment schlagartig bewusst. Das neue, andere Ich war es wert, ausgiebig und ohne Selbstzweifel gelebt zu werden. Denn Mut wurde immer belohnt.

Christian Hinnah *lebt in Ibbenbüren.*

Die Zauberblume

Es war einmal ein kleines, einsames und trauriges Mädchen, das Jenny hieß. Das Kind saß auf einem Stein am Uferrand und weinte bitterlich. Die Tränen des Kindes berührten eine schöne große rote Blume. Die Blume war etwas ganz Besonderes und Einzigartiges. Sie leuchtete in vielen hellen, roten Farbtönen und schimmerte geheimnisvoll. Doch diese Besonderheit nahm Jenny zunächst nicht wahr. Das Mädchen weinte nur unaufhörlich und ganz bitterlich, es konnte gar nicht mehr aufhören zu weinen.

Doch da, auf einmal hörte das Mädchen eine Stimme und erschrak fürchterlich. Die Stimme sprach: „Warum weinst du denn? Komm her und erzähl mir von deinem Kummer. Erzähl mir, was dich bedrückt."

Jenny drehte sich rum und suchte ängstlich nach dem, der da eben gesprochen hatte. Aber es war niemand zu sehen. Für einen Moment vergaß das Mädchen vor Schreck, zu weinen. Doch im nächsten Augenblick fing sie wieder ganz erbärmlich und herzzerreißend damit an. Die Tränen berührten die Blume.

Und wieder kam die Stimme: „Warum weinst du denn? Komm her und erzähl mir von deinem Kummer. Erzähl mir, was dich bedrückt."

Jenny drehte sich erneut um und fragte nun ganz mutig: „Wer spricht denn hier? Ist da jemand?"

Die Blume antwortete: „Ich spreche mit dir, Kind. Ich, die Blume. Komm her, ich bin eine Zauberblume, und wann immer du Tränen auf mich fallen lässt, werde ich dir helfen."

Das Mädchen schaute die Blume fassungslos an und ging langsam auf sie zu. Sanft berührte Jenny die Blume und fragte: „Ist das auch wirklich wahr? Kannst du mir wirklich helfen? Machst du auch keinen Spaß?"

Die Blume antwortete: „Nein, nein, mein Kind. Ich bin wirklich eine Zauberblume. Komm her und erzähl mir von deinem Kummer. Ich kann dir ganz bestimmt helfen. Aber wie heißt du eigentlich?"

Das Mädchen antwortete: „Jenny."

Und die Zauberblume sprach: „Das ist aber ein hübscher Name. Aber jetzt lade erst einmal deinen Kummer bei mir ab."

Nun fing Jenny an zu erzählen, was ihr alles widerfahren war, und sie konnte gar nicht mehr aufhören: „Ach, ich habe keine Eltern mehr. Sie haben mich einfach auf einem Parkplatz zurückgelassen. Ich bin ganz alleine und habe keine Freunde. Mein Hund, mein einziger Freund, ist krank, und ich habe kein Geld für einen Tierarzt. In der Schule werde ich ausgelacht, weil ich immer in denselben Klamotten herumrennen muss. Ich habe aber niemanden, der für mich sorgt." Nun fing Jenny wieder hemmungslos an zu weinen.

Die Zauberblume sprach: „Nun, das ist wirklich eine ganz, ganz traurige Geschichte. Aber jetzt bin ich ja für dich da. Ich werde für dich sorgen. Zuerst wollen wir einmal etwas für deinen besten Freund tun. Du gehst jetzt nach Hause und holst deinen Hund. Du bringst ihn her zu mir und legst ihn in meine Arme. Ich werde ihn heilen." Jenny starrte die Zauberblume ungläubig an, doch die Zauberblume sprach unbeirrt weiter: „ Auf, lauf und verliere keine Zeit, damit es deinem Freund bald wieder besser geht."

Jenny lief eilig nach Hause. Sie nahm ihren Hund aus dem Körbchen, herzte ihn und sagte: „Bald wird es dir wieder besser gehen, Rocky. Ich bringe dich jetzt zu einer Zauberblume und die wird dich ganz schnell wieder gesund machen." Jenny nahm ihren Hund auf den Arm und rannte eiligst zurück zur Zauberblume.

Als das Mädchen bei der wunderschönen magischen Blume angekommen war, breitete die Zauberblume bereits ihre Arme aus und sagte: „Lege deinen Hund in meine Arme."

Jenny tat, wie ihr gesagt wurde. Die Zauberblume nahm den Hund in ihre Arme, streichelte ihm über den Kopf und sprach: „Ich werde dich heilen. Nun, mein lieber Hund, werde ganz schnell wieder gesund." Während die Zauberblume dies sprach, strich sie ganz sanft über den Kopf des Tieres. Ihre Stimme klang ganz sanft und beruhigend. Während die Zauberblume den Hund heilte, erstrahlte sie in hellem Glanz. Der Hund hüpfte nun aus den Armen der Zauberblume, sprang übermütig und überschwänglich zu Jenny. Die war ebenfalls überglücklich und bedankte sich. Doch die Blume antwortete: „Kein Problem, dafür bin ich da, um traurigen, einsamen und kranken Kindern zu helfen. Um die Not auf der Welt ein bisschen zu lindern und um die Welt für die Unglücklichen etwas erträglicher zu machen. Und nur diese Menschen können mich auch sehen, nur diese Menschen nehmen mich wahr. Den glücklichen Menschen, den reichen Menschen und auch den bösen Menschen bleibe ich verborgen. Doch nun lass uns auch noch all deine anderen Probleme lösen. Wir gehen es nach und nach an."

Jenny starrte die Zauberblume erneut an und konnte ihr Glück kaum fassen. Endlich einmal im Leben hatte auch sie Glück und jemanden gefunden, der sich um sie kümmert.

Die Zauberblume sprach nun weiter: „So, und nun gehen wir einkaufen. Aber nicht so, wie du denkst."

Jenny schaute die Blume neugierig an und fragte: „Was hast du vor?"

Die Zauberblume hatte kaum ausgesprochen, schon war ihr Versprechen in die Tat umgesetzt. Sie zauberte einfach kurzerhand ein Geschäft her, in dem Jenny nach Herzenslust und Laune einkaufen gehen konnte. Jenny tobte sich so richtig aus und suchte sich viele tolle Sachen aus. Sie strahlte vor Glück und Dankbarkeit.

Nach einiger Zeit sagte die Zauberblume zu Jenny: „So, nun fehlen dir noch Eltern und Freunde. Auch hier will ich dir helfen. Ich suche dir ein paar liebe Eltern aus. Und ebenso ein paar nette Freunde. Hab ein bisschen Geduld. Das braucht etwas Zeit. Komm in einer Woche wieder, dann habe ich Eltern und Freunde für dich gefunden. Klar, wenn du vorher ein Problem hast, traurig bist oder dich etwas bedrückt, dann komm nur zu mir, ich helfe dir."

Jenny staunte fassungslos und war der Zauberblume unendlich dankbar. Nun ging das Mädchen erst einmal mit ihrem Hund Rocky nach Hause.

In der folgenden Nacht schlief Jenny ganz ruhig und sanft. Sie dachte noch viel über die Erlebnisse mit der Zauberblume und den ereignisreichen Tag nach. Der Hund Rocky schlief in ihren Armen und beschützte sie. Außerdem wachte auch insgeheim die Zauberblume über Jenny und passte auf, dass ihr nichts Böses widerfuhr.

Am nächsten Tag wollte Jenny einkaufen gehen, denn sie hatte Hunger. Außerdem brauchte ihr Hund Rocky etwas zum Fressen. Doch Jenny hatte kein Geld und sie wurde ganz traurig, da sie auch für ihren besten Freund nichts kaufen konnte und alle Vorräte im Haus erschöpft waren. Jenny lief mit ihrem Hund Rocky wieder zum

Ufer, sie setzte sich an den Uferrand und fing hemmungslos an zu weinen. Ihre Tränen berührten die wunderhübsche Zauberblume.

Die Zauberblume sprach: „Hallo, Jenny. Was kann ich für dich tun? Was ist passiert?"

Jenny antwortete: „Ach, ich habe kein Geld zum Einkaufen, aber ich habe Hunger. Außerdem kann ich für meinen Hund Rocky nichts zum Fressen kaufen. Was mache ich bloß?"

Die Zauberblume sprach: „Ach, wenn es weiter nichts ist. Das ist doch überhaupt kein Problem. Komm, wünsch dir was. Was möchtest du essen?"

Jenny überlegte einen Augenblick. „Eine Riesenportion Spaghetti, einen Hamburger und eine Riesenportion Eis."

Die Zauberblume lächelte und sagte: „Okay, das sollst du haben." Kaum gesagt, schon stand *potzblitz* das Essen vor Jennys Nase und ein prall gefüllter Fressnapf vor ihrem tierischen Freund mit ein paar zusätzlichen Hundeleckereien. Jenny begann zu essen. Sie war unheimlich erleichtert und überglücklich, dass sich ihr Problem so schnell gelöst hatte. Sie bedankte sich bei der Zauberblume. Doch damit nicht genug, die Zauberblume sorgte auch für einen Essensvorrat in Jennys Haus. Während Jenny und ihr Hund noch genüsslich und gemütlich beim Essen waren, sagte die Zauberblume zu dem Mädchen: „Über fehlendes Geld und mangelndes Essen für dich und deinen treuen Wegbegleiter, deinen Hund Rocky, brauchst du dir nie mehr Sorgen zu machen. Wenn du nach Hause kommst, wirst du ein großes Buffet vorfinden, an dem du nach Herzenslust auswählen kannst. Außerdem werden all deine Schränke mit Essensvorräten für dich und deinen Hund gefüllt sein. Und deine Essensvorräte werden niemals leer."

Jenny starrte die Zauberblume erneut fassungslos an und konnte ihr Glück gar nicht fassen. Das Mädchen umarmte ihre neu gewonnene Freundin und Beschützerin, die Zauberblume, und bedankte sich überschwänglich bei ihr. Sie lief sogleich mit ihrem Hund nach Hause und fand dort all die tollen Leckereien vor. Sie staunte nicht schlecht. Jenny und Rocky genossen es sichtlich.

Eine Woche später lief Jenny mit ihrem Hund Rocky eiligst an das Ufer zur Zauberblume. Jenny war ganz aufgeregt und neugierig, ob die Zauberblume denn nun tatsächlich für sie Eltern und Freunde gefunden hatte. Als Jenny mit Rocky angerannt kam, rief ihr die

Zauberblume schon von Weitem entgegen: „Lauf zu, mein Kind. Du wirst schon sehnsüchtig erwartet."

Das Mädchen kam noch etwas zögernd näher und schaute sich neugierig und auch etwas vorsichtig um. Doch die Zauberblume motivierte Jenny: „Trau dich nur, hab Vertrauen zu mir. Komm nur her, ich habe ganz liebe Eltern für dich gefunden. Ich habe mir viel Mühe bei der Suche gegeben. Außerdem habe ich auch ein paar tolle Freunde für dich gefunden."

Jenny war völlig verblüfft und bekam keinen Ton heraus. Sie war sprachlos. Ihre neuen Eltern kamen auf sie zu, umarmten sie und ihren Hund Rocky. Sie nahmen Jenny und ihren Hund ganz herzlich auf. Außerdem hatten ihre neuen Eltern bereits zwei Kinder, ein Mädchen und einen Jungen, sodass Jenny gleich ein Schwesterchen und ein Brüderchen als Spielgefährten und als neue Freunde bekam. Außerdem kamen auch noch die Freunde ihrer neuen Geschwister zur Begrüßung, so fand Jenny selbst auch noch ein paar neue Freunde.

Ihre Eltern zeigten Jenny und ihrem Hund Rocky ihr neues Zuhause. Die Familie wohnte direkt neben Jenny. Sie hatte ein schönes Haus mit einem großen Garten und einem schönen Spielplatz. Auch das hatte die Zauberblume für Jenny geregelt, denn so konnten nun beide Häuser miteinander verbunden werden und Jenny und ihr Hund Rocky mussten ihre gewohnte Umgebung nicht verlassen. Aus beiden Häusern wurde ein großes Haus mit einem Verbindungsgang. Jenny und ihr Hund Rocky waren rundum zufrieden und überaus glücklich. Sie hatten viel Spaß mit ihrer neuen Familie und ihren neu gewonnenen Freunden. Auch in der Schule hatte Jenny nun keine Probleme mehr. Sie wurde nicht mehr verspottet wegen ihrer Klamotten. Doch die Zauberblume setzte noch eins drauf. Denn sie wollte den gehässigen Kindern, die Jenny vorher das Leben so schwer gemacht hatten, doch noch einen Denkzettel verpassen und sie für ihre Gehässigkeit und Boshaftigkeit bestrafen. Diese Kinder sollten einfach lernen, dass man so mit anderen Menschen nicht umgehen durfte. Die Zauberblume ließ also ihre magischen Kräfte walten und zauberte all die hübsche Kleidung dieser gehässigen Kinder weg. Sie tauschte diese in ganz alte, erbärmliche Fetzen aus. Als die Kinder nach dem Schwimmunterricht zurückkamen und diese schäbige und erbärmliche Kleidung vorfanden, waren sie schockiert. Nur Jenny blieb verschont. Ihre hübsche Kleidung lag noch da, im Gegenteil: Die Zauberblume hatte für Jenny sogar noch etwas Neues und ganz Hübsches herbeigezaubert. Die Kinder blickten neidisch auf Jennys Kleidung und waren nach wie vor schockiert über ihre eigenen Klamotten. Sie verstanden die Welt nicht mehr.

Da erklang nun plötzlich aus der Ferne eine Stimme und es hallte ein schallendes Gelächter durch die Umkleidekabine. Die Kinder drehten sich erschrocken um, bis auf Jenny, denn die ahnte bereits etwas. Bald darauf erklang die Stimme ihrer geliebten Freundin und Beschützerin. „Was habt ihr denn für schäbige Klamotten dort liegen? Habt euch wohl mal frisch aus der Lumpensammlung bedient", höhnte die Zauberblume. Und sie spottete weiter: „Na, Kinder, nun seht ihr mal, wie das ist, wenn man verspottet wird. Ich hoffe, ihr lernt was draus. Ihr werdet nun solange mit diesen schäbigen Fetzen herumlaufen, bis ihr eingesehen habt, dass man so mit anderen Menschen nicht umspringen darf und dass man niemanden auslachen oder verspotten darf. Niemand kann etwas für seine Herkunft, noch kann er etwas dafür, dass er sich keine Markenklamotten und aktuell modische Kleider kaufen kann. Ihr werdet solange in diesen Fetzen herumlaufen, bis ihr euch alle, und zwar ausnahmslos alle, bei Jenny entschuldigt habt. Sollte auch nur einer sich nicht bei Jenny entschuldigen, werden alle anderen auch die Lumpen nicht ablegen können. Und dafür, dass ihr Jenny die ganze Zeit das Leben so schwer gemacht habt, wird sie als Entschädigung hierfür als Einzige wie eine Königin herumlaufen. Sie wird die edelsten Kleidungsstücke tragen und euch wird vor Neid ganz schlecht werden." Die Zauberblume verabschiedete sich mit einem höhnischen Lachen, ohne sich zu zeigen. Nur Jenny nahm sie in den Arm und herzte sie. Die Zauberblume zwinkerte Jenny zu und beide lächelten. Dann verschwand die Zauberblume wieder. Die Kinder waren entsetzt und starrten Jenny ungläubig an. Doch sie hatten nicht die leiseste Ahnung, wer hier gesprochen und wem sie diese ganze Misere nun zu verdanken hatten. Denn Jenny schwieg. Sie bewahrte das Geheimnis in ihrem Herzen und genoss die Situation.

Am Nachmittag nach diesem Erlebnis in der Schule ging Jenny mit ihrem Hund Rocky zur Zauberblume, um sich zu bedanken. Am Uferrand angekommen, wurde sie bereits von der Blume erwartet. Die Zauberblume sagte: „Na, Jenny, wie hat dir das heute Morgen gefallen? Ich hoffe, dass du nun auch in der Schule keine Probleme mehr haben wirst."

Jenny strahlte die Zauberblume an und umarmte sie: „Das war echt toll. Danke. Ich glaube, du hast den Kindern einen ganz schönen Schrecken eingejagt. Sie fühlen sich unwohl in ihren alten Fetzen und schauen mich zum ersten Mal ganz bewundernd und neidisch an."

Die Zauberblume antwortete: „Hab noch etwas Geduld, bis sie sich bei dir entschuldigen. Und genieße bis dahin noch die Situation." Jenny verabschiedete sich und ging nun wieder nach Hause. Sie erzählte ihrer neuen Familie am Essenstisch von dem Vorfall in der Schule, alle lachten und freuten sich mit Jenny über diese tolle Aktion und Hilfe der Zauberblume.

Nur die Kinder waren ziemlich stur und bösartig. Es verging mehr als eine Woche, bevor sie sich endlich schweren Herzens bei Jenny entschuldigten. Die Zauberblume beobachtete dies mit Genugtuung und Freude. Sie hielt ihr Versprechen und zauberte alle schönen Kleidungsstücke der Kinder wieder herbei. Doch vorher sprach die Zauberblume noch einmal zu den Kindern, ohne sich zu erkennen zu geben: „So, Kinder, ich hoffe, ihr habt daraus gelernt. Solltet ihr Jenny je wieder hänseln oder euch gegenüber anderen Menschen so gemein und gehässig verhalten, dann werde ich dies sehen. Und sofort werdet ihr alle, und zwar ausnahmslos alle, wieder in Lumpen herumrennen. Und dieses Mal werdet ihr die Lumpen dann für immer tragen. Ich werde euch eure anderen Kleider dann nicht mehr zurückzaubern. Dies gilt auch, wenn nur ein Einziger von euch gegenüber Jenny oder anderen Menschen gemein oder gehässig wird. Also überlegt euch das in Zukunft gut. Ich werde aufpassen und mir wird nichts entgehen. Ich hoffe, das war euch eine Lehre."

Die Kinder erschraken und schauten sich verunsichert an. Doch sie versprachen, dass sie sich bessern und niemals mehr andere Menschen auslachen oder verspotten würden. Und das meinten sie tatsächlich ernst. Von nun an hatte Jenny auch innerhalb ihrer Schulklasse neue Freunde gefunden. Sie hatte echte Freunde gewonnen, sie halfen sich gegenseitig bei den Schularbeiten und spielten oft zusammen.

Für Jenny und ihren Hund Rocky hatte sich alles zum Guten gewendet. Jenny lief zum Uferrand, um die Zauberblume zu besuchen.

Sie nahm ihren Hund Rocky mit. Beide wollten sich bedanken. Als Jenny ankam, sagte sie: „Hallo, Zauberblume. Heute komme ich nur, um mich für alles zu bedanken. Denn es hat sich jetzt alles für mich zum Guten gewendet. Ich bin sehr glücklich und habe keine Probleme mehr. Wirst du auch weiterhin meine Freundin bleiben und auf mich aufpassen, liebe Zauberblume? Darf ich auch weiterhin zu dir kommen, wenn ich etwas brauche, Probleme habe oder eines Tages in Nöten bin?"

Die Zauberblume nahm Jenny und ihren Hund Rocky ganz fest in die Arme und antwortete: „Aber ja, Jenny, natürlich werde ich auch weiterhin deine Freundin bleiben und weiterhin auf dich aufpassen. Und wann immer du mich brauchst, ich bin für dich da. Ganz fest versprochen. Weißt du, Jenny: Wem wir Zauberblumen einmal geholfen haben, auf den passen wir ein Leben lang auf. Diese Menschen begleiten wir ihr ganzes Leben lang. Ich habe dich lieb gewonnen und werde dich immer beschützen. Hier, nimm zum Zeichen diese Blumenkette. Und wann immer du traurig bist, komme an diesen Platz, und ich werde für dich da sein. Wann immer eine Träne von dir die Blumenkette oder mich berührt, bin ich für dich da, um dir zu helfen. Trage die Blumenkette immer bei dir. Sie wird dir Glück bringen und dich beschützen." Jenny war ganz gerührt und überglücklich, sie bedankte sich nochmals und umarmte die Zauberblume. Die Zauberblume sagte: „Ich werde dich immer beschützen. Hier, nimm noch ein Blumenhalsband für deinen Hund, es wird auch ihn immer beschützen. Nun mach's gut. Ich hoffe, dass du mich ab und zu besuchen wirst wie eine gute Freundin, auch wenn du keine Probleme hast."

Jenny versprach dies und sagte: „Ja, klar, natürlich. Ich werde dich jede Woche mindestens einmal mit meinem Hund besuchen."

Es kann alles gut werden, wenn man nur daran glaubt und die Hoffnung nicht aufgibt ... Und wenn sie nicht gestorben sind, dann lebt Jenny mit ihrem Hund Rocky auch heute noch glücklich und zufrieden mit ihrer neuen Familie und ihren neu gewonnenen Freunden. Und auch heute noch passt die Zauberblume aus der Ferne auf ihren Schützling Jenny auf, damit ihr nichts Böses widerfährt und es ihr immer gut geht.

Anja Zachrau

Omas Foto

Alte Fotos anschauen und sich dazu Geschichten ausdenken oder von Oma erzählen lassen. Das war Mias Lieblingsbeschäftigung, wenn sie ihre Oma besuchte. Ihre Oma Gerda hatte in ihrem Kleiderschrank einen alten Schuhkarton voller Fotos von früher. Solche schwarz-weißen Bilder mit einem gezackten Rand.

Heute hatte Mia ein Bild gefunden, auf dem Oma als Schulkind in ihrer Dorfschule zu sehen war. Zusammen mit vier anderen Kindern stand die damals zehnjährige Gerda vor der großen Wandtafel im Klassenzimmer. Auf dem Tisch vor den Kindern lagen Pakete, in Packpapier eingewickelt und mit Bindfäden verschnürt. An der Tafel hinter den Kindern stand in großen Kreidebuchstaben:

WIR DENKEN AN UNSERE BRÜDER UND SCHWESTERN IN MITTELDEUTSCHLAND.

Was sollte das denn? Von Mitteldeutschland hatte sie noch nie etwas gehört. Sie lief zu Oma in die Küche, hielt ihr das Bild hin und sagte: „Erzähl mal."

Das ließ sich die Oma nicht zweimal sagen. Der Abwasch konnte warten. „Weißt du", begann die Oma, „das war in einer anderen Zeit, so um 1960. Ich war damals so alt wie du heute. Mitteldeutschland nannten wir den Teil Deutschlands, der nach dem Zweiten Weltkrieg von den Russen in Anspruch genommen worden war. Es gab einen Zaun, den *Eisernen Vorhang*, eine streng bewachte Grenze zwischen West-und Mitteldeutschland."

„Du meinst die DDR", fiel ihr Mia ins Wort.

„Genau", fuhr die Oma fort. „Zum Glück ist diese Grenze ja nicht mehr da. Aber damals vor sechzig Jahren ging es den Menschen hinter dem Eisenern Vorhang nicht gut. Zum Beispiel gab es manche Dinge, auch Lebensmittel, einfach nicht zu kaufen. Und so kam es, dass hier in Westdeutschland in vielen Gemeinden gesammelt wurde. Die Lehrer schickten uns Kinder los und wir kamen nach einigen Stunden mit Körben voller Nahrungsmittel zurück. Wir packten sie dann in verschiedene Pakete. Dafür gab es Regeln, die eingehalten werden mussten. Wenn nicht, kam das Paket nicht dort an, wo es hinsollte. Man durfte keine frischen Lebensmittel und keine Konserven versenden. Bohnenkaffee war sehr begehrt. Und dann musste jedes Kind einen netten Brief schreiben, mit seinem Absender darauf. Der wurde ebenfalls in das Paket gelegt, dies für die Post fertig gemacht und vom Lehrer adressiert. Woher er die Adressen hatte, weiß ich gar nicht."

Die Oma musste erst einmal Luft holen. Dann erzählte sie weiter: „Nachdem alle Pakete fertig waren, wurde dieses Foto gemacht, die Pakete zur Post gebracht und dann ging für uns das Warten los."

„Worauf habt ihr denn gewartet?", fragte Mia.

„Auf einen Antwortbrief, vielleicht auf ein Dankeschön", antwortete die Oma. „Wir machten einen richtigen Wettstreit daraus. Wer den ersten Brief bekam, der hatte gewonnen. Es konnte auch passieren, dass man keine Post bekam. Aber es war trotzdem schön. Wir hatten viel Spaß beim Sammeln und Packen. Es machte uns Freude, andern Menschen helfen zu können."

„Na ja", entgegnete Mia gedehnt, „das braucht man ja heute nicht mehr."

„Oh, doch", antwortete die Oma, „Pakete nach Mitteldeutschland schicken, das ist Vergangenheit, aber es gibt genug andere Menschen, die unsere Hilfe gebrauchen könnten. Wenn du anderen hilfst, bekommst du bestimmt etwas zurück, kein Geld und auch keine Geschenke, aber die Freude und das gute Gefühl, etwas für andere getan zu haben. Denk mal darüber nach. "

Das tat Mia und sie hatte auch schon eine Idee. In ihrer Klasse gab es Semra, ein Flüchtlingsmädchen aus Pakistan. Ihr wollte sie ab Montag bei den Hausaufgaben helfen.

Margret Küllmar *ist in Fritzlar beheimatet.*

Tanze mit mir in den Morgen

„Erhol' dich gut, Schatz, und denk darüber nach, was ich dir gesagt habe. Deine Krankheit ist ein ernst zu nehmendes Warnzeichen. Du musst kürzertreten. So geht das nicht weiter."

Erbost schaute ich meinen Mann an. „Ja, ja, immer die alte Leier. Du könntest auch mal eine andere Platte auflegen. Aber du hast gut reden, du bist gesund."

Er streckte die Arme aus, versuchte, mich in den Arm zu nehmen, doch ich trat einen Schritt zurück, wich seinem Griff aus. „Du musst fahren, es ist ein langer Weg nach Hause. Übrigens, du brauchst mich nicht weiter besuchen. Ich komme allein sehr gut klar", mit diesen Worten drehte ich mich demonstrativ um, ließ ihn in der Empfangshalle der Kurklinik stehen und steuerte die Aufzüge an, ohne zurückzublicken. Dies war mein erster Kuraufenthalt. Alles überforderte mich: die Diagnose, Gespräche mit den Ärzten, die gut gemeinten Ratschläge, sich mit meiner Krankheit abzufinden, das Beste daraus zu machen. Ungeduldig hämmerte ich auf den Knopf des Aufzugs, während mir gleichzeitig Tränen in die Augen traten. Ich war doch erst Mitte fünfzig und alles schien mir irgendwie zu Ende zu sein. In meinem Zimmer angekommen, warf ich mich auf das Bett und schluchzte hoffnungslos vor mich hin.

Es klopfte an der Tür. Schnell wischte ich mir die Tränen mit dem Jackenärmel ab, putzte mir die Nase und öffnete. Eine alte Dame strahlte mich an. „Hallo, ich bin Frau Buchweiz, kuriere meine Hüftoperation aus. Wir sind Zimmernachbarinnen und da dachte ich, dass ich mich einmal vorstelle und Ihnen Tipps gebe. Aber nur, wenn Sie das möchten. Ich bin schon zum dritten Mal in dieser Klinik."

Für eine an der Hüfte operierte Person schlüpfte Frau Buchweiz erstaunlich behände an mir vorbei, stand schon mitten im Zimmer und schaute sich wohlwollend um. „Hübsch haben Sie es. Ich sehe schon, Sie sind eine ordentliche Person, alles ist schön zusammengeräumt."

„Hm, ja, um ehrlich zu sein, ich habe noch nicht ausgepackt", warf ich probehalber ein, wurde aber gleich unterbrochen.

„Liebes, es ist alles nicht so einfach, das weiß ich nur zu genau. Aber wenn man sich nicht hängen lässt, dann wird das wieder. Wie wäre es, wenn Sie heute Abend auch zum Tanzabend im Kursaal kommen? Ich habe hier einige Bekanntschaften gemacht", sie kicherte mädchenhaft. „Natürlich keine Männerbekanntschaften, aber einige gleichgesinnte Damen. Wir werden heute Abend auf jeden Fall teilnehmen."

„Hilfe, nicht auch noch Tanz im Kursaal! Das ist mehr, als ich verkrafte", ging es mir durch den Kopf. Ich zuckte hilflos mit den Schultern und dirigierte meine Zimmernachbarin sanft in Richtung Tür. „Ich weiß nicht. Ich bin ja gerade erst angekommen ..."

„Eben deshalb, das ist die beste Möglichkeit für Sie, um gleich Kontakte zu knüpfen", lächelte Frau Buchweiz.

„Mal sehen, vielleicht ..." Diesem netten Lächeln konnte ich nichts abschlagen, beschloss aber, mich am Abend einfach im Zimmer einzuigeln.

Nach dem Abendessen vergrub ich mich tatsächlich in meinem Zimmer und gab mich meinem Seelenschmerz hin, bis es energisch an der Tür klopfte. Wie zu erwarten stand eine hübsch gekleidete Frau Buchweiz auf dem Flur, dieses Mal in Begleitung zweier flott, aber gediegen angezogener Damen.

„Sind Sie soweit, Liebes?" Sie musterte mich kritisch. „Wollen Sie sich noch umziehen? Vielleicht ist ein Jogginganzug nicht so das Richtige für einen Tanzabend."

Gegen so viel geballte Frauenpower konnte ich mich einfach nicht durchsetzen. So zog ich mich lustlos, aber schnell um und schon bald saß ich mit den vergnügten Seniorinnen an einem Tisch im Kursaal. Hier war die Gaudi bereits im Gange. Gut gelaunte Kurgäste tanzten zu Schlagermusik von früher. Wobei mir diese Art von Musik eigentlich gut gefiel und ich für mein Leben gern tanzte. Nur heute nicht, nicht unter diesen Umständen! Ich beschloss, einfach Übelkeit vorzutäuschen, um mich zurückziehen zu können. „Mir ist gar nicht gut", murmelte ich und stand entschlossen auf.

Genau in diesem Moment betrat ein Paar den Saal, das meine Aufmerksamkeit sofort auf sich zog. Der wohlbeleibte, ältere Herr trug einen Anzug mit einem zur Krawatte passenden Einstecktuch und blitzblank gewienerte Schuhe. Seine Frau erinnerte mich mit ihrem gediegenen Kostüm und dem farblich passenden Handtäschchen auf frappierende Weise an die britische Queen. Die beiden steuerten zielstrebig einen freien Tisch an und wurden von der Bedienung mit einem warmen Lächeln begrüßt. Sie schienen nicht zum ersten Mal an einer solchen Veranstaltung teilzunehmen.

Fasziniert ließ ich mich wieder auf meinen Stuhl sinken, beobachtete, wie herzlich die beiden miteinander umgingen. Sie lächelte ihn an, während er ihr eine vorwitzige Locke aus dem Gesicht strich. Als ein neuer Musiktitel gespielt wurde, reichte er ihr seinen Arm. Die beiden gingen auf die Tanzfläche, drehen sich perfekt zur Musik, wirken wie eine Einheit. In den Pausen hielten sie sich an den Händen, schauten sich in die Augen.

„So tanzen kann man nur, wenn man ganz und gar miteinander vertraut ist", dachte ich und lächelte gedankenverloren, spürte eine merkwürdige Verbundenheit mit diesem Paar. Schließlich wurde der letzte Tanz des Abends angekündigt. Unerwartet ging der ältere Herr zur Bühne, flüsterte mit dem Bandleader, dann geleitete er seine Tanzpartnerin aufs Parkett. Alle andere Tanzpaare bildeten einen Kreis um die beiden. Eine Melodie erklang, die schon meine Mutter geträllert hatte, wenn sie guten Laune hatte. *Tanze mit mir in den Morgen, tanze mit mir in das Glück ...* Das Pärchen tanzte diesen Tango und ich bekam eine Gänsehaut. Er hielt sie fest in seinen Armen und die beiden schwebten über das Parkett. *In deinen Armen zu träumen, ist so schön bei verliebter Musik ...*

Plötzlich musste ich weinen. Die Tränen rollten mir über die Wangen, aber das war mir ganz egal, weil ich merkte, dass sie mir guttaten.

Frau Buchweiz tätschelte meine Hand. „Alles wird gut, Liebes." Sie deutete auf das Pärchen. „Das sind Wolfgang und Mechthild. Sie sind aus dem Ort hier. Mechthild war sehr krank, Krebs. Es ging ihr lange Zeit schlecht. Aber sie haben die Hoffnung nicht aufgegeben und es scheint, als hätte Mechthild die Krankheit, auch mit Wolfgangs Hilfe, besiegt. Jetzt besuchen sie wieder regelmäßig die Tanzveranstaltungen hier im Kursaal. Sie tanzen beide so gern ..."

In dieser Nacht schlief ich so gut wie nicht. „Was bin ich doch nur für eine dumme, selbstsüchtige Person und wehleidig dazu", schalt ich mich. „Ich arme, kranke Frau – immer nur ich. Aber was ist mit uns? Was ist mit meinem Mann? Ihm geht es doch auch nicht gut. Er hat mir doch nur zu Seite stehen, helfen wollen!"

Früh am nächsten Morgen griff ich zum Telefon. Er meldete sich ganz verschlafen. Ehe er etwas sagen konnte, platzte ich heraus: „Ich bin so froh und glücklich, dass ich dich habe, Schatz. Wenn du mich vielleicht am nächsten Wochenende besuchen könntest? Das würde mich freuen, weil – du fehlst mir sehr. Ich liebe dich!"

Angie Pfeiffer *ist in Nottuln beheimatet.*

Deshalb liebe ich ihn

Sardinien – Cattedrale di Santa Maria Assunta in Orestano

Ehrfürchtig betreten wir diese wunderbare Kirche, bestaunen die Statuen, die Heiligenbilder und auch die unglaublichen, prunkvoll glitzernden Kronleuchter. Dies ist ein Moment der Ruhe, der Besinnung. Einfach innehalten, die Stille der Kathedrale auf sich wirken lassen – zur Ruhe kommen. Eigentlich sind wir beide nicht besonders gläubig, aber an diesem Ort ist eine besondere Magie zu spüren, die uns demütig werden lässt.

Auf dem Weg zum Ausgang finden wir einen kleinen unscheinbaren Marienaltar, vor dem ein paar Kerzen flackern. Ich bleibe wie von selbst stehen, betrachte nachdenklich den warmen Schein, der den Altar umgibt. Schließlich entrichte ich den Obolus, entzünde eine Kerze.

Worum soll ich bitten?

Bisher habe ich immer ein Anliegen gehabt, wenn ich in einer Kirche eine Kerze entzündet habe.

Erstaunt stelle ich fest, dass es dieses Mal ganz anders ist. Weil ich rundherum glücklich bin und zufrieden. Im Einklang mit mir und mit meiner Umwelt. Deshalb falte ich die Hände, sage einfach: „Danke." Danke für das Glück, das mir zuteilwurde und immer noch wird. Das Glück, einen Menschen gefunden zu haben, der mich liebt. Mit allen meinen Ecken und Kanten. Der mich so nimmt, wie ich bin. Bei dem ich mich nicht verbiegen muss, einfach ich sein kann. Danke für so viel echte, unverfälschte Liebe. Danke, dass wir gesund sind, dass uns so schnell nichts aus der Bahn wirft. Dass wir die Autobahn des Lebens nicht nur steil bergauf, sondern auch bergab und ohne Airbag gemeistert haben. Einfach Danke für das pralle Leben, das mir zuteilwird, das ich genießen darf und kann.

Bei diesen Gedanken treten mir die Tränen in die Augen. „Ich muss mich einen Augenblick hinsetzen", wispere ich ein wenig verschämt, weil ich heulen muss vor lauter Glück. Er lächelt verstehend, streicht mir über den Arm, lässt mich für einen Augenblick allein mit mir, was mir guttut.

Als wir die Kirche verlassen, nimmt er meine Hand. Nur eine kleine Geste, aber deshalb liebe ich ihn.

Alizé Siffleur lebt in Münster.

Kurt wacht auf

Kurt wachte auf, weil er zur Toilette musste. Es war noch dunkel. Auf seinem Nachttisch blinkte die Uhr: 5:00. Die Zahlen sagten ihm nicht viel. So stand er auf, schlurfte ins Badezimmer. Nach dem Toilettengang sah er sich interessiert um. Ein Zettel, der auf dem Spiegel klebte, erweckte seine Aufmerksamkeit.

Nicht vergessen: Gründlich waschen und die Zähne putzen.

Nun, wenn das schon dort stand, so wollte er der Anweisung auch folgen. Übrigens erinnerte er sich dunkel daran, dass es wichtig war, dass er tat, was auf einem Zettel aufgeschrieben war.

Aufmerksam betrachtete er sein Spiegelbild, konnte aber so recht nichts damit anfangen. Er zuckte mit den Schultern, eigentlich war es egal, wer ihm dort im Spiegel entgegenblickte. Eine Zahnbürste stand im Becher parat. So betätigte er den Spender und drückte etwas von der herausquellenden Flüssigkeit auf die Bürste. Beim Zähneputzen schäumte es ordentlich. Zwar bekam er die Zähne schön sauber, doch schmeckte es eigenartig, gar nicht so, wie er es erwartet hatte. Nach dem Ausspülen des Mundes schaute er noch einmal auf den Zettel. Was war es noch, dass er tun sollte? Ach ja, richtig, *gründlich waschen* war noch vermerkt. Er sah sich um, stieg dann in die Dusche und stellte das Wasser an. Auch jetzt hatte er das Gefühl, dass etwas nicht stimmte. Nach einer Weile verließ er die Dusche wieder. Ihm war kalt, der nasse Schlafanzug hing an ihm herunter, fühlte sich sehr unangenehm an. Schnell zog er ihn aus und hüllte sich in den flauschigen rosa Bademantel, der an der Tür hing. Das Teil war ein wenig eng und zwickte an den Armen, aber es war wenigstens warm. Kurt fragte sich, ob er zugenommen hatte, so eng wie das Kleidungsstück war. Sein Magen knurrte vernehmlich und so suchte er die Küche, die er fast sofort fand. Hier hing ein weiterer Zettel an der Kühlschranktür:

Zum Frühstück magst du gern Toast mit Marmelade.
Marmelade und Butter sind im Kühlschrank.

Auf der Arbeitsplatte lag ein Päckchen mit Toastbrot, daneben stand ein rechteckiger Apparat. Oh ja, das war jetzt genau das Richtige, knuspriger, süßer Toast. Kurt lief das Wasser im Mund zusammen. Doch was musste er machen, um das Toastbrot zu rösten? Er überlegte, dann legte er zwei Scheiben Toast auf eine Kochplatte des Ofens. Weil er nicht wusste, welche die Richtige war, machte er einfach alle an. Dann holte er Marmelade aus dem Kühlschrank und ließ jeweils einen Klacks auf das Brot fallen. Er goss sich ein Glas Saft ein und trank es genüsslich, während er darauf wartete, dass sein Toast schön knusprig wurde.

Ein paar Tage später:

Mutter und Tochter saßen sich in der Küche gegenüber. „Wirklich Mama, das geht doch nicht. Er wird irgendwann das Haus in Brand stecken. Hast du denn überhaupt keine Angst davor?"

Friedl sah ihre Tochter ernst an, dann nickte sie. „Natürlich habe ich Angst. Was denkst du denn!" Die Tochter nippte an ihrer Kaffeetasse. „Wir müssen etwas unternehmen. Was meinst du?"

„Ja, da hast du wohl recht", seufzte Friedel, stand auf und ging ins Bad. Hier nahm sie ihren Morgenmantel von Haken und hängte ein Shirt und eine Hose von Kurt zu seinem Bademantel. Dann kam sie wieder in die Küche, nahm sich einen Notizblock und setzte sich auf ihren Platz. Eifrig schrieb sie. Ihre Tochter sah ihr über die Schulter. Ungläubig las sie:

Toastbrot in den Toaster schieben. Er steht auf der Arbeitsplatte.
Bräunen auf Stufe 3. Marmelade erst nachher auf dem Toast-
brot verteilen. Guten Appetit.

Friedl zögerte einen Moment, dann erhellte ein Lächeln ihre Züge.

Ich liebe dich, setzte sie unter die Anweisung.

Robin Royhs

Kleine Emmi

Emmis Leben war nicht leicht. Seit ihrer Geburt schlug das Schicksal mehrmals zu. Trotz ihrer Einschränkungen war sie dennoch stets gut gelaunt und versuchte ständig, das Beste aus jeder Situation zu machen. Die Menschen, denen sie begegnete, waren von ihrem liebenswürdigen Wesen und positivem Denken fasziniert. Emmi ging auf die Menschen zu. Nichts war ihr peinlich. Doch es dauerte Jahre, bis Emmi diese Urteilskraft erlangte. Denn bis dahin lag ein langer, beschwerlicher, mit Tränen übersäter Weg hinter ihr. Immer wieder und aufs Neue sprach sie sich Mut zu. Solange, bis sie sich selbst mochte. Und eines Tages konnte sie sogar ihr eigenes Spiegelbild lieben. Wie es dazu kam? Ihr solltet weiterlesen, dann werdet ihr gleich es erfahren.

Beatrice und Ralf wünschten sich seit einigen Jahren sehnlichst ein Kind. Was sie auch versuchten, Beatrice wurde nicht schwanger. Doch zu einem Zeitpunkt, an dem das Ehepaar bereits jegliche Hoffnung aufgegeben hatte, geschah das Wunder! Beatrice sah Mutterfreuden entgegen! Die Freude war riesengroß. Ralf und seine Frau konnten kaum glauben, was sie sahen, als der Frauenarzt ihnen das erste Ultraschallbild ihres Ungeborenen in die Hand drückte. Nachdem ein neuer Vorsorgetermin vereinbart worden war, verließen sie überglücklich die Frauenarztpraxis.

Beatrice gehörte, anhand ihres Alters, der Risikogruppe einer Spätgebärenden an. Das alles beunruhigte weder sie noch ihren Mann. Sie waren beide gesund, was sollte also während ihrer Schwangerschaft schieflaufen? Doch Beatrice sollte eines Besseren belehrt werden. In der 28. Schwangerschaftswoche setzten plötzlich heftige Wehen ein. Obwohl die Ärzte im Krankenhaus alles versuchten, die Geburt zu verhindern, gelang es ihnen nicht. Das kleine Mädchen setzte ihren Kopf durch und so kam Emmi schneller als erwartet auf die Welt. Sie wog nur 960 Gramm und war gerade mal 33

Zentimeter groß. Als Ralf und Beatrice ihr Baby das erste Mal sahen, mussten sie weinen. Ihr Wunschkind, die winzige Emmi, lag nun vor ihnen – in einem Brutkasten und kämpfte ums Überleben. Das Neugeborene war an Schläuchen angeschlossen und die Atmung musste unterstützt werden. Unaufhörlich liefen Beatrice Tränen übers Gesicht. Bei diesem Anblick krampfe sich ihr Herz zusammen. Sie hatte Angst und war sehr verzweifelt.

Leider sollten sich schon wenige Stunden später ihre Ängste bestätigen. Die Ärzte stellten bei weiteren Untersuchungen fest, dass Emmis Lunge nicht allein arbeitete und dass ihr kleines Herz nicht richtig seinen Dienst versah. Für Beatrice und Ralf brach eine Welt zusammen. Jede freie Minute verbrachten sie bei ihrer kleinen Tochter. Wann immer es möglich war, wurde Beatrice die zerbrechliche Emmi auf ihre nackte Brust gelegt, damit sie die Wärme spüren und den Herzschlag ihrer Mutter hören konnte. Es tat dem Frühchen sehr gut. Denn immer dann, wenn sie auf der nackten Haut ihrer Mama lag, wurde Emmi viel ruhiger. Die Atmung wurde stabiler und ihr Herzchen begann gleichmäßiger zu schlagen.

Beatrice und Ralf gaben die Hoffnung nicht auf. Selbst an dem Tag nicht, an dem ihr Frühchen in den Operationssaal geschoben wurde, um das diagnostizierte Loch in ihrem Herzen zu schließen. Stundenlang verharrten sie während der äußerst riskanten Operation draußen auf dem Krankenhausflur ganz in der Nähe des großen Operationssaals, in dem ihre kleine Emmi operiert wurde.

Es kam Beatrice so vor, als wenn sich die Zeiger der großen Uhr, die ihnen gegenüber an einer Wand hing, nur im Zeitlupentempo bewegten. Ralf nahm seine Frau immer und immer wieder in seine Arme und versuchte, sie zu trösten und ihr Mut zuzusprechen. Ob es ihm gelang? Er wusste es nicht. Innerlich zitterte er ebenfalls und sein Herz schlug so heftig, dass er das Gefühl hatte, gleich würde es aus seiner Brust springen.

Dann – Stunden später – ging die Tür auf und es kamen zwei Ärzte auf sie zu. Ihnen folgte eine Krankenschwester. Beatrice und Ralf sprangen von den Stühlen auf und liefen ihnen, nervlich aufgewühlt und fragend, entgegen. Der Chefarzt der Kinder-Herzchirurgie drückte Beatrices Hand, sah sie und ihren Mann an und sagte: „Ihre kleine Emmi ist eine richtige Kämpferin! Sie hat die schwierige Operation überstanden. Es geht ihr, den Umständen entsprechend, gut! Jetzt müssen wir abwarten. Aber wir sind davon überzeugt, dass es die Kleine schafft! Jetzt braucht sie Sie beide! Ihre Liebe, Ihre innerliche Ruhe und sie muss spüren, dass Sie an sie glauben! Daran, dass sie gesund wird. Aber geben Sie dem Frühchen etwas Zeit, sich von dem schweren Eingriff zu erholen. Nachher können Sie zu Ihrer Tochter gehen. Mein Kollege und ich wünschen Ihnen viel Kraft! Emmi schafft es, sie ist nämlich ein mutiges Kind, eines, was kämpft."

Die Wochen und Monate, die nun folgten, waren nicht leicht. An einem Tag ging es Emmi besser, am darauffolgenden Tag schlechter. Das ständige Auf und Ab zerrte an den Nerven ihrer Eltern. Doch dann, auf einmal, als wenn jemand einen Schalter umgelegt hatte, trank Emmi ihre Milch, ohne dass sie andauernd beim Saugen dabei einschlief oder sich verschluckte. Sie öffnete auch viel öfter ihre Äuglein und hin und wieder verzog sie dabei ihr Gesichtchen. Dann sah es so aus, als wenn sie ihre Mama und ihren Papa anlächelte. Der Beatmungsschlauch konnte eines Tages entfernt werden, Emmi nahm zudem konstant an Gewicht zu und größer wurde sie auch. Und Beatrice kam es vor, als könnte sie ihrer Tochter beim Wachsen zugucken.

Sechs Monate später durften Beatrice und Ralf ihre winzige Emmi endlich mit nach Hause nehmen. Es folgten weitere regelmäßige, wichtige Untersuchungen, die bei jedem Frühchen sein sollten. Nicht eine einzige der zahlreichen Kontrolluntersuchungen ließen die glücklichen Eltern ausfallen. Die Ärzte waren mit den Ergebnissen mehr als zufrieden. Emmi konnte gucken und das Hören war auch nicht eingeschränkt. Lediglich bei der Größe, dem Gewicht, dem Sprechen und Laufen hinkte sie anderen gleichaltrigen Kindern etwas hinterher. Das machte Emmi nichts aus, solange sie zu Hause bei ihren Eltern war.

Doch das sollte sich schlagartig ändern, als sie mit fünf Jahren in den Kindergarten kam. Es blieb den anderen Kindern nicht verborgen, dass Emmi einige körperliche Einschränkungen hatte. Dass sie kleiner war und sehr zerbrechlich wirkte. Emmi konnte zudem nicht so doll toben, sie redete weniger und manchmal konnten die Kinder sie auch nicht richtig verstehen. So spürte Emmi in ihrem jungen Leben zum allerersten Mal, dass sie anders war. Und nicht nur im Kindergarten fiel es ihr unangenehm auf. Als sie zwei Jahre später in die

Schule kam und zusammen mit den Schulkindern zum Schwimmunterricht ins Hallenbad ging und sich die Mädchen zusammen in einer Sammelkabine ausziehen mussten, um in ihre Badesachen zu schlüpfen, sahen die Kinder erstmals Emmis lange Narbe. Als diese anfingen, sie deshalb laut auszulachen, schämte sie sich fürchterlich.

Das waren die ersten Lektionen in ihrem jungen Leben, die sie nie vergaß. Aber genau diese Grausamkeiten, die Kinder einem schwächeren Kind zufügten, machten Emmi für ihr weiteres Leben unsagbar mutig und stark. Das Erlebte – im Kindergarten und in der Schule – gaben ihr die Kraft und den Mut, den sie für ihr weiteres Leben benötigte! Nie wieder sollte sie jemand auslachen dürfen!

Später wurde Emmi sogar eine der Klassenbesten. So war es kein Wunder, dass sie Jahre später auch das Abitur mit Bravour bestand. Außerdem stellte sich heraus, dass Emmi ein Sprachtalent war. Französisch, Englisch, aber auch Latein beherrschte sie nahezu perfekt. Dass Emmi das alles schaffte, verdankte sie nicht nur ihrem Fleiß allein. Nein, es waren die helfenden, tröstenden und aufmunternden Worte von ihrer Mama und ihrem Papa, wenn etwas mal nicht so richtig klappte. Aber es waren auch das Verständnis und die grenzenlose Liebe, die Beatrice und Ralf ihrer Emmi durch viele kleine Gesten zeigten.

Und Balsam für ihre geschundene Seele war zudem, dass ihre Eltern nie an ihr zweifelten! Im Gegenteil, sie sagten ihrer Tochter immer und immer aufs Neue, dass sie alles schaffen könnte, wenn sie den Glauben an sich selbst nie verlieren würde. Als Emmi – abermals Jahre später – eine Zusage von der Uni bekam, bei der sie sich für ein Studium der Philosophie eingeschrieben hatte, war ihr Glück perfekt. Ihr Mut, um einen – ihr gegenüber – respektvolleren Umgang zu kämpfen, hatte sich gelohnt. Denn, obwohl sie mit ihren 20 Jahren nur 1,53 cm groß war und lediglich 44 Kilo wog, ausgelacht wurde Emmi längst nicht mehr.

Barbara Acksteiner ist 1946 in Bad Harzburg geboren. Dort lebt sie seit ihrer Geburt. Sie ist gelernte Einzelhandelskauffrau und hat zuletzt als Verwaltungsangestellte gearbeitet. Zwei Bücher sind bereits von ihr erschienen: „Verlorene Gedanken" und „War Ostern nicht erst gestern?"

Niklas mit den Glupschaugen

Niklas war sechs Jahre alt und fühlte sich gar nicht wohl. Er hatte riesengroße Glupschaugen und wurde deswegen überall ausgelacht. Als er vor einigen Wochen in die Schule kam, hatte er ein wenig die Hoffnung gehabt, dass die Kinder in der Schule anders wären und ihn akzeptieren würden, wie er war.

Leider kam es aber ganz anders. Jeden Tag nach der Schule musste Niklas schauen, dass er der Erste war, der die Schule verließ, denn wenn ihm das nicht gelang, dann warteten irgendwo hinter einer Ecke ein paar Jungs auf ihn und kaum, dass sie ihn sahen, wurde er verspottet, ausgelacht, hin- und hergeschubst und manchmal auch verprügelt.

Zu Hause fragten ihn dann seine Eltern, woher er diese schrecklichen Schrammen und zerrissenen Klamotten habe, aber er traute sich nicht, die Wahrheit zu sagen. Und so erzählte er jeden Tag das Gleiche, nämlich, dass er gestolpert und hingefallen wäre.

Zwar glaubten seine Eltern das nicht wirklich, doch was sollten sie machen? Wenn ihr Sohn nicht erzählte, woher die Schrammen wirklich kamen?

An manchen Tagen war es noch schlimmer und er wurde auch noch wegen seines Namens ausgelacht, schließlich klang *Niklas* ja so ähnlich wie *Nikolaus* und so wurde er an manchen Tagen gefragt: „Hallo Nikolaus, warum hast du so große Augen? Hast du die, damit du mein großes Geschenk siehst, das ich an Nikolaus bekomme?"

Niklas wurde mit jedem Tag trauriger, denn das Mobbing der Klassenkameraden wurde jeden Tag schlimmer. Manchmal sperrten sie ihn in einen Schrank, einmal stopften sie ihn sogar in einen Papierkorb, hängten diesen an den Kartenständer und zogen ihn nach oben. So hatte Niklas keine Chance herauszukommen, bis der Lehrer kam, der das auch alles andere als lustig fand, aber die, die das getan hatten, waren viel zu feige, sich zu erkennen zu geben.

So ging das über zwei Jahre und Niklas überlegte sich schon, ob, und wenn ja, wie er sich umbringen sollte, als etwas ganz Besonderes geschah.

Niklas ging nach dem Erledigen der Hausaufgaben noch ein wenig im Wald spazieren. In diesem Wald gab es auch ein Moor, um das sich viele Sagen rankten. Als Niklas an diesem Tag wieder durch den Wald lief, sah er in sehr weiter Entfernung jemanden winken. Da der Arm aber am Boden war, war ihm klar, dass hier irgendetwas passiert sein musste. Und ihm war auch klar, dass er nur wegen seiner großen Glupschaugen überhaupt so weit schauen konnte.

Da er davon ausging, dass hier jemand in Gefahr war, rannte er los und schon bald sah er ein Mädchen im Moor, das immer weiter zu versinken drohte. Zuerst wollte Niklas einfach weiterlaufen, denn er kannte das Mädchen, es war auch immer dabei, wenn die anderen ihn gedemütigt und verprügelt hatten.

Niklas dachte dann aber: „Nein, niemand hat verdient, zu sterben, ich muss diesem Mädchen helfen." Und so half er dem Mädchen, sich aus dem Moor zu befreien.

Als er das Mädchen befreit hatte, waren sie beide ziemlich kaputt und setzen sich auf einen Baumstamm – da geschah das Wunder. Das Mädchen demütigte ihn nicht, es lachte ihn nicht aus, sondern es lächelte ihn an und bedankte sich dafür, dass er sie gerettet hatte.

Am nächsten Tag erzählte das Mädchen, dass es nur wegen der großen Augen von Niklas überhaupt noch lebte, und schon bald wurde Niklas aufgrund seiner guten Sehfähigkeiten gelobt und war als Freund sehr geschätzt. So hatten auch die anderen in seiner Klasse gelernt, dass jeder Mensch etwas Besonderes ist und vielleicht sogar eine besondere Begabung hat, auch wenn er vielleicht ein wenig anders aussieht als andere.

Auch DU bist etwas Besonderes – finde heraus, was das Besondere an DIR ist.

Susanne Weinsanto wurde 1966 in Karlsruhe geboren, lebt heute dort in der Umgebung und hat schon immer gerne Geschichten geschrieben. Allerdings fanden die Geschichten aus ihrer Kindheit nie den Weg in die Öffentlichkeit. Sie selbst ist in vielfältigster Weise künstlerisch tätig.

Tanze, Herz!

Wie hält man Träume fest, damit sie im Leben bleiben? Ich übe mich täglich in dieser Kunst. Jeden Morgen greife ich nach einem der kleinen Notizbücher, die am Boden neben meinem Bett verstreut liegen, und versuche, die fließenden Bilder meiner Gedanken in großen und kleinen Worten auf dem Papier festzuhalten. Das rosa Buch gefällt mir dabei immer am besten. Nicht, weil ich eine Frau bin, sondern da Rosa schon mein ganzes Leben lang die Farbe ist, die nach Zukunft duftet. Rosa war das Kleid der Prinzessin in meinem Lieblingstheaterstück, das ich mit fünf Jahren sah, rosa war das Herz, das der coolste Junge der 7. Klasse meiner Banknachbarin in ihr Heft malte, um ihr danach ewige Liebe zu schwören – die bis heute noch anhält. Rosa waren die Papierwände auf der Bühne für ein Musiktheaterstück, bei dem ich nach dem Abitur hospitieren durfte, um von den Schauspielern zu lernen. Ja – Rosa verheißt Aufbruch, Freude, Träume-wahr-werden-lassen. Und so war es nicht verwunderlich, als ich für meine Traumbuchsammlung eines Tages auch ein rosafarbenes Exemplar kaufte, in der Hoffnung, dass mir des Nachts viele inspirierende und spektakuläre Szenen durch den Kopf wirbeln mögen, die mein Leben danach für immer verändern würden. Selbstverständlich in Richtung Glück, Abenteuer und Liebe.

Doch es passiert – nichts!

Im Gegenteil: Seit Wochen habe ich das Gefühl, dass meine Träume immer undurchsichtiger, unangenehmer und ganz und gar unspektakulär werden. Keine wallende Liebe, keine überschäumenden Erfolgserlebnisse, nicht einmal ein gutes Traum-Bauch-Gefühl. Und rosa schneidet bei all den bunten Traumfängern aus Papier sogar ganz besonders schlecht ab. *Stundenlang durch ein unbekanntes Haus geirrt* steht da oder *alte Katze beobachtet, Regen, Tee.* Nun, ständiges Herumirren und Tee stimmen traurigerweise sogar mit meinem realen Leben überein. Ziele am Horizont zu sehen, gehört nicht zu meinen Stärken, auch wenn es für meine Mitmenschen eine der leichtesten Aufgabe zu sein scheint. Und keiner davon scheut sich die Mühe, mir bei jedem Treffen mitzuteilen, wo es in seinem Leben gerade langgeht oder wo es weiter hingeht.

Ich stehe dann immer mit einer Tasse Tee ein wenig deplatziert in Runden und an Tischen und weiß nie so recht, was ich darauf antworten soll. Es ist immer Tee. In einer Tasse, die nicht ganz zum Rest der Tassen passt. Sicher, ich habe es, um Anpassung bemüht, mit Kaffee versucht. Eine gute Freundin hat mir prophezeit, dass ich davon geistig und körperlich ganz neu erwachen würde und mir daraufhin bestimmt die entscheidende Idee käme. Doch von Kaffee bekam ich jedes Mal Bauchschmerzen, verzichtete am Ende auf mögliche Erwachungszustände und begnügte mich dafür mit meinem entspannten Magen.

Mein bester Kumpel ist der Meinung, dass ich tief in meinem Herzen einfach nur Angst habe. Angst vor Entscheidungen, Angst vor mir selbst, Angst vor dem Leben. „Herz in die Hand und los!", ruft er mir stets zum Abschied zu.

Ich lege dann immer meine Hand auf mein Herz und bin mir unsicher, ob es überhaupt richtig schlägt. Gerne hätte ich es bei einem Kardiologen untersuchen lassen, aber dafür sei ich mit 33 Jahren zu jung – sagt Lula. Und Lula muss es wissen, sie ist Ärztin und zudem meine Schwester.

„Dein Herz ist tipptopp", tönt sie jedes Mal, wenn wir uns zum Kuchenessen bei ihr zu Hause treffen. „Was dir fehlt, ist der geistige Stromschlag, der Seelenstoß, um mutig das eigene Leben zu kreieren."

So sitzen wir dann kauend und philosophierend in ihrer perfekt designten Wohnung. In meiner sitzen wir fast nie. Das kommt daher, dass meine Räume ziemlich unwohnlich wirken, da ich innerhalb der letzten sieben Jahre zehnmal umgezogen bin. Nirgends fühlte ich mich richtig wohl und so waren es immer Zwischenstationen statt ein wohliger Endbahnhof.

Und nun ist wieder so ein Tag. Ich sitze bei Lula, dir mir gerade von ihrem neuen Projekt vorschwärmt: der Hochzeit mit ihrem Freund. Sie will ihm heute Abend einen Antrag machen. „Es wird himmlisch", wirft sie im Singsang durch die Küchentür. „Ich habe sogar schon die passenden Ringe gekauft. Alles tipptopp!" Das ist es für Lula immer – tipptopp. Alles ist für Lula immer tipptopp. Sogar mein Herz.

Nur nicht für mich.

An diesem Nachmittag laufe ich heulend nach Hause, setze mich aufs Bett und schaue lange schniefend auf die vielen bunten Büchlein hinab, die zu meinen Füßen lagen.

Was war mit meinen Träumen los? Warum schien alles still zu stehen? Warum wurden in meinem Leben keine Träume wahr? Ich hatte mich nach meinem Schauspielstudium unzählige Male an Theatern beworben, aber irgendwie passte ich nirgendwo richtig hin. Mal war meine Stimme zu hoch, mal das Gesicht zu rund, mal war ich zu dünn, ein anderes Mal zu unnahbar. Und einmal hielt man mich sogar für zu jung. Und das mit 30. Was ich auch machte, es war immer so, als wäre ich genau das Gegenteil von dem, was gebraucht oder erwartet wurde. Dabei hatte mir das Studium großen Spaß gemacht. Abgesehen von der Tatsache, dass ich mir Bühnenpositionen nie gut merken konnte und fast immer falsch stand, verliefen die vier Jahre ohne größere Zwischenfälle. „Gute Arbeit", sagte mein Professor zu mir, als er mir das Diplom überreichte.

Gute Arbeit – klingt nach Beherrschung von Excel-Tabellen statt nach künstlerischem Höhenflug. Und Tabellen waren mir schon immer zuwider. Was sollte diese ganze Einordnung und Festlegung? Ich hasse bis heute die Bemerkung *gute Arbeit*. Und mit Blick nach unten merke ich plötzlich mit klopfendem Herzen, dass die akkurat beschrieben Büchlein nach *gut gemachter Arbeit* aussehen. Gut gemacht und völlig unvollständig, wartend auf bessere Zeiten.

Und ich spüre mit einem Mal: Es reicht! Ich will nicht mehr warten. Ich will kein Leben, das keinen Standpunkt hat und sich in keine Richtung bewegt. Mein Leben soll spektakulär werden und so bunt wie die Buchumschläge zu meinen Füßen.

Und da ich keine innere Ruhe mehr habe, noch länger darauf zu warten, bis ich irgendwann einmal den perfekten Traum träume, der sich dann wundersamerweise in meinem Leben realisiert, wage ich etwas Neues.

Ich nehme das rosa Buch, hebe es langsam auf und drehe es – bevor ich es auf meinen Knien ablege – einfach um. Ich habe nur ein Ziel: Ich möchte Träume erschaffen, die mich glücklich machen. Ich möchte Träume erschaffen, die mich morgens mit weitem Lachen und innerer Stärke aus dem Bett springen lassen. Und wenn sie nicht von alleine zu mir kommen wollen, damit sich in meinem

Leben etwas verändert, dann liegt die Lösung vielleicht in dem, was mich schon immer ausgemacht hat – mein Anders-stehen, mein Anders-sein, mein Genau-das-Gegenteil-sein.

Leicht zitternd lege ich meine Hand auf meinen Brustkorb und spüre das intensive Klopfen. Fühlt sich so das Herz-in-die-Hand-nehmen an? Ich schlage das Buch von hinten auf und beginne auf der letzten Seite mit dem ersten Eintrag. Ich schreibe auf, was sich heute unbedingt erleben will. Etwas, was in der Nacht einen wunderschönen Traum abgeben würde. Ich schreibe nicht viel und es ist nicht revolutionär. Aber als ich fertig bin, stehe ich bestärkt auf, ziehe meine rosa Jacke an und gehe mit lautstark pochendem Herzen los in Richtung Park.

Ich hatte vor vielen Jahren die Idee, auf freien Plätzen mit meinem Körper meine eigenen Geschichten zu erzählen, meine eigenen Bühnenwege zu gehen. Und am Ende Menschen in die Augen zu lächeln, die mir gebannt und glücklich zusehen. Und so stelle ich mich in die Mitte der Wiese, hole tief Luft und fange an zu tanzen.

Ruth Weisel

Konfrontation

Wie ein Schatten verfolge ich dich. Dir ist die Präsenz meines Wesens vertraut. Trotzdem bin und bleibe ich für dich eine Fremde. Immer wieder versuche ich, mich dir zu nähern. Doch du gehst mir aus dem Weg. Hohe Schutzmauern hast du aufgebaut. Nur so leicht wirst du mich nicht los. Ständig schaust du dich unruhig um, weil du meine Gegenwart spürst. Auf dich wirke ich Furcht einflößend. Irgendwie kann ich das auch verstehen. Ich bin der Auslöser für unglaublich große Schmerzen. Wenn du mir mal in kurzen Momenten begegnest, treibe ich dich oft in die Verzweiflung. Trost und Freude werden aber genauso von mir hervorgerufen. Das erkennst du aber leider noch nicht.

Ich weiß, was in dir vorgeht. Mir ist klar, dass der heutige Tag alles für dich ändern wird. Deshalb bist du auch so angespannt und fährst mit den Fingern immer wieder über deine Narben.

Wenn ich dich so vor mir sehe, überkommt mich Mitgefühl. Jeder Tag ist für dich ein Kampf. Es tut mir weh, dass du so sehr leidest. Für etwas Liebe und Anerkennung warst du bereit, alles zu tun. Doch was du brauchtest, bekamst du nicht. Stattdessen sagten sie dir, du würdest belasten. Dich plagen seitdem immer wieder Schuldgefühle und schlechtes Gewissen. Dir wurde wehgetan. Trotzdem hast du ihnen, aus dem Überlebensinstinkt heraus, jedes Wort geglaubt. Sie wussten um dein Flehen nach Hilfe, hielten es aber nicht für nötig, zu handeln. Ihnen lag mehr an ihrem Ansehen als an deinem Wohl. Aber bitte strafe dich nicht dafür, dass andere dein Leben mit Füßen traten. Dadurch tust du dir nur an, womit andere dich verletzt haben. Du wurdest süchtig nach deinem eigenen Blut. Stück für Stück zerstörst du dich so selber.

Aufgewühlt gehst du auf und ab. Für einen Moment hältst du plötzlich inne. Unsere Blicke begegnen sich. Ehe wir wirklichen Kontakt zueinander aufbauen können, schaust du schnell wieder weg. Aber du hast gerade für wenige Sekunden mir in die Augen gesehen.

Was dich beschäftigt, ist mir bewusst. Im Moment ringst du mit dir. Getragen wirst du, auch wenn du das Netz, das dich hält, nicht immer spürst. Du wirst ernst genommen. Das siehst du nur in deiner blinden Verzweiflung nicht. Öffne deine Ohren, damit du die anteilnehmenden Worte um dich herum hören kannst. Fürsorge umgibt dich, obwohl du dich davor verschließt.

Immer wieder fühlst du dich ausgeliefert, klammerst dabei aber an deiner Hilflosigkeit. Willst du fliehen, dann doch eigentlich nur vor dir selbst. Deine Gründe dafür kenne ich. Jahrelange Erfahrung hat dich gelehrt, dass du selbst in großer Not nicht die notwendige Beachtung erhältst. Weil du das Gefühl hast, nirgendwo wirklich dazuzugehören, suchst du nach einem Zuhause. Im Grunde genommen ringst du nur um Zuwendung. Du bekamst sie aber nicht von den erhofften Personen. Lass sie los. Liebevollen Menschen, denen wirklich was an dir liegt, lerntest du blind zu vertrauen. Was auch geschieht, im Herzen bleibt ihr immer verbunden. Sie können für dich ein Stück Heimat sein.

Du hast eine Entscheidung getroffen. Eben dieser Entschluss wird weitreichende Auswirkungen auf dein Leben haben. Deshalb wägst du nun die möglichen Konsequenzen ab. Ob du mit mir in einen Dialog trittst, liegt ganz bei dir. Ich würde es mir sehr wünschen. Aber letztendlich entscheidest das ganz allein du. Wenn ich nur wüsste, wie ich dich erreichen kann.

Um deine Aufmerksamkeit zu bekommen, spreche ich dich direkt an: „Ich wäre so gern ein Teil von dir. Kannst du uns nicht wenigstens eine Chance geben? Dann zeige ich dir, wer ich wirklich bin."

Dein Seufzen zeigt, dass du mich sehr wohl hörst. Immer noch hast du mir den Rücken zugewandt. Damit ich dich nicht sofort wieder überfordere, halte ich mich im Hintergrund. Auch wenn du deinen Blick von mir abwendest, kann ich sehen, wie du krampfhaft versuchst, deine Emotionen zu unterdrücken.

Eben diese alten Muster prägen dich bis heute. Über deine Sensibilität machten sie sich lustig. Dir wurde eingeredet, was für ein Unsinn dein Denken, Fühlen und Handeln angeblich sei. Deshalb hast du dir selbst nicht mehr geglaubt. Verzweifelt wusstest du keinen Ausweg mehr, bist immer wieder fortgerannt. Nirgendwo hast du dich wirklich sicher gefühlt. Es ging nur noch abwärts. Gut für dich zu sorgen, hast du nicht gelernt. Vielmehr musstest du immer eine

Maske aufsetzen, um den Erwartungen zu entsprechen. Am Rande des Abgrunds fühltest du dich zerrissen – zwischen Leben und Tod. Aber dein Herz schlägt noch – und das ist gut so.

Irgendwann bekamst du dann endlich Hilfe. So erlebtest du Fürsorge und Geborgenheit. Dadurch konntest du Kraft tanken. Du begannst, eigene Entscheidungen zu treffen. Dennoch hast du dich weiter selbst drangsaliert, weil dein neues Umfeld dich nicht, wie von dir erwartet, bestrafte. Es ist so traurig, dass du es nicht anders kennst. Was du durchlebst, ist heftig. Für dich fühlt es sich sicherlich an wie ein nicht enden wollender Kampf. Ich versichere dir jedoch, das ist dein Weg in Freiheit, Unabhängigkeit und vor allem ins Leben. In deinem tiefsten Inneren hast du viele Träume. Lass sie zu. Sie können dich motivieren. Denn trotz allem gibt es auch gute Momente. Im Verdrängen nimmst du diese nur oft nicht so recht wahr. Es ist unglaublich, wie du Ängste überwunden hast. Ich liebe das Leuchten in deinen Augen, wenn du von deinen neu gewonnenen Leidenschaften erzählst. In dir stecken so viele Fähigkeiten, die du noch für dich entdeckst.

Aus Angst, dass ich dir zu nahe komme, kannst du nicht still stehen. Unruhig knetest du deine Hände. Weiterhin bist du darum bemüht, mir keine Beachtung zu schenken. Halt suchend tasten deine Finger nach dem Ring an deiner Hand. Jetzt denkst du an dein Versprechen. Du brauchst mich. Ich merke, wie du dich innerlich mir langsam öffnest.

Vom Kopf her weißt du es: Um Hilfe bitten ist okay. Das zeugt von großer Stärke. Dabei wird von dir kein Marathon erwartet. Jeder noch so kleine Schritt zählt. Rückfälle werden kommen. Aber: Aufgeben ist nicht! In dir steckt eine Kämpferin – auch wenn du sie noch nicht immer selbst erkennen kannst.

Schließlich holst du tief Luft. Wie in Zeitlupe drehst du dich in meine Richtung. Lange betrachtest du mich, weichst aber meinem Blickkontakt weiterhin aus. Dir alles einzugestehen, kostet Überwindung. Doch nur, wenn du dir selbst gegenüber ehrlich bist, kannst du das auch nach außen tragen, bekommst Hilfe und wirst dir selbst nicht schaden. Betrüge dich nicht. Sonst beraubst du dich vieler Chancen. Ich möchte dir nicht nur die traurige Wahrheit, sondern auch die schöne Realität zeigen. Aber der erste Schritt liegt bei dir. Durchbrich diesen Teufelskreis.

Deine Gedanken rasen auf Hochtouren durcheinander. Du zögerst. Doch dann holst du tief Luft. Mit zittriger Stimme höre ich dich sagen: „Okay. Ich bin bereit. Wir sollten reden."

Ich sehe, wie du deinen Blick entschlossen hebst und mich direkt ansiehst. Zum ersten Mal kommen wir uns so nahe wie noch nie zuvor. Ich schaue über deine Augen direkt in deine Seele. Meinem durchdringenden Blick kannst du standhalten, ohne die Flucht zu ergreifen. Für einen Moment verharre ich noch mit etwas Abstand, um sicherzugehen, dass ich dich nicht missverstehe. Doch du meinst es wirklich ernst. So gehe ich noch paar Schritte auf dich zu. „Dann lass uns in Zukunft deinen Weg gemeinsam gehen." Nun bin ich nicht mehr nur dein Schatten, sondern vielmehr dein Begleiter.

Dein Mut, mir zu begegnen, erstaunt mich. Ich, als die Ehrlichkeit, habe nun in deinem Leben Raum gefunden.

Simone Hänel: 23 Jahre, Hobbys: Schreiben, Lesen, Reiten, Gassi gehen, Schaukeln, im Regen tanzen, Fotografien.

Liebe – Stark wie ein Baum

Zur Hochzeit pflanzen wir eine Eiche,
sie möge uns gereichen zu einer Weiche.
Auf gutem Nährboden gedeihe,
auf dass unsere Liebe auf Ewig reiche,
sich niemals ausschleiche,
auch magere Jahre überstehe
und niemals vergehe,
aufbrausenden Naturgewalten standhalte.
Missmut wie Blätter abfalle
und mit dem Winde schnell verwehe.
Fette Jahre alles übertönen,
unser Leben schönen,
uns verwöhnen.
Unsere Liebe wachse und erstarke,
immer wieder neue Äste austreibe
und auf's Neue fruchte,
nach und nach neu gipfele,
in die Unendlichkeit hineintreibe …
Wir beide für immer zusammenbleiben,
nichts und niemand uns auseinandertreibe.
Du für immer bei mir bleibe.
Mit Dir als Einheit schwerelos gen Himmel treiben …

Juliane Barth: Jg. 1982, lebt im Südwesten Deutschlands. Schreibt seit jeher sehr gerne, u.a. Lyrik, Kurzgeschichten und Essays. Veröffentlichungen in diversen Anthologien: https://sacrydecs.hpage.de.

Im Feenland mitten im Stern

Drinnen im Stern wohnt eine Fee.
Es gibt einen Raum namens Blumenhöhle.
Dort werden Blumen zu den edelsten Steinen,
wenn die Fee Spiele mit dem Sternenteich macht.
Der Teich ist das schönste Geheimnis
mitten in dem Stern.
Der Teich ist stets kalt und frisch.
Dort auf dem Wasserspiegel schweben
Lilien, deren Kronen mit der Glut erfüllt sind.

Wenn die Fee die Glut aus den Lilienkronen frieren lässt,
kommt der Winter an.
Wenn sie diese Glut mit Silberhand berührt,
so kommt der Lenz an.
Und wenn sie diese Glut erwärmen lässt,
kommt der Sommer an.
Wenn die Fee die Glut tauen lässt,
fällt der Herbstregen hernieder.
Und wenn die Fee sich den Teich anschaut,
so kommen sie Geister hin.

Wohin?
Wohl wollen sie neue Sternenteiche suchen.

Pawel Markiewicz lebt in Bielsk Podlaski in Polen.

Unser Buchtipp

M. Schmitt (Hrsg)
Wünsch dich ins
Märchen-Wunderland Band 1
ISBN: 978-3-86196-617-3
Hardcover, 306 Seiten
farbig illustriert

Es war einmal ein kleines Königreich, das war so winzig klein, dass
man sich heute kaum noch daran
erinnern kann. Es war auf keiner
Landkarte zu finden und nur wenige
Menschen hörten überhaupt davon.
Manchmal aber, wenn jemand sich
etwas ganz Besonderes wünschte,
dann wurde ihm die Geschichte vom verzauberten Bach erzählt
– und so habe auch ich eines Tages von dem kleinen Königreich
erfahren ...

*Ein Jahr lang haben Papierfresserchens MTM-Verlag und der
Herzsprung-Verlag Märchen im Jahresreigen zu den Bildern von
Mahandra Uwe Schmitt gesammelt – die schönsten Märchen
finden Sie in dieser Anthologie veröffentlicht. Lassen Sie sich von
Elfen und Feen, von Himmelsboten und Meereswesen entführen
in eine Welt, in der Herz und Seele zueinanderfinden ...*